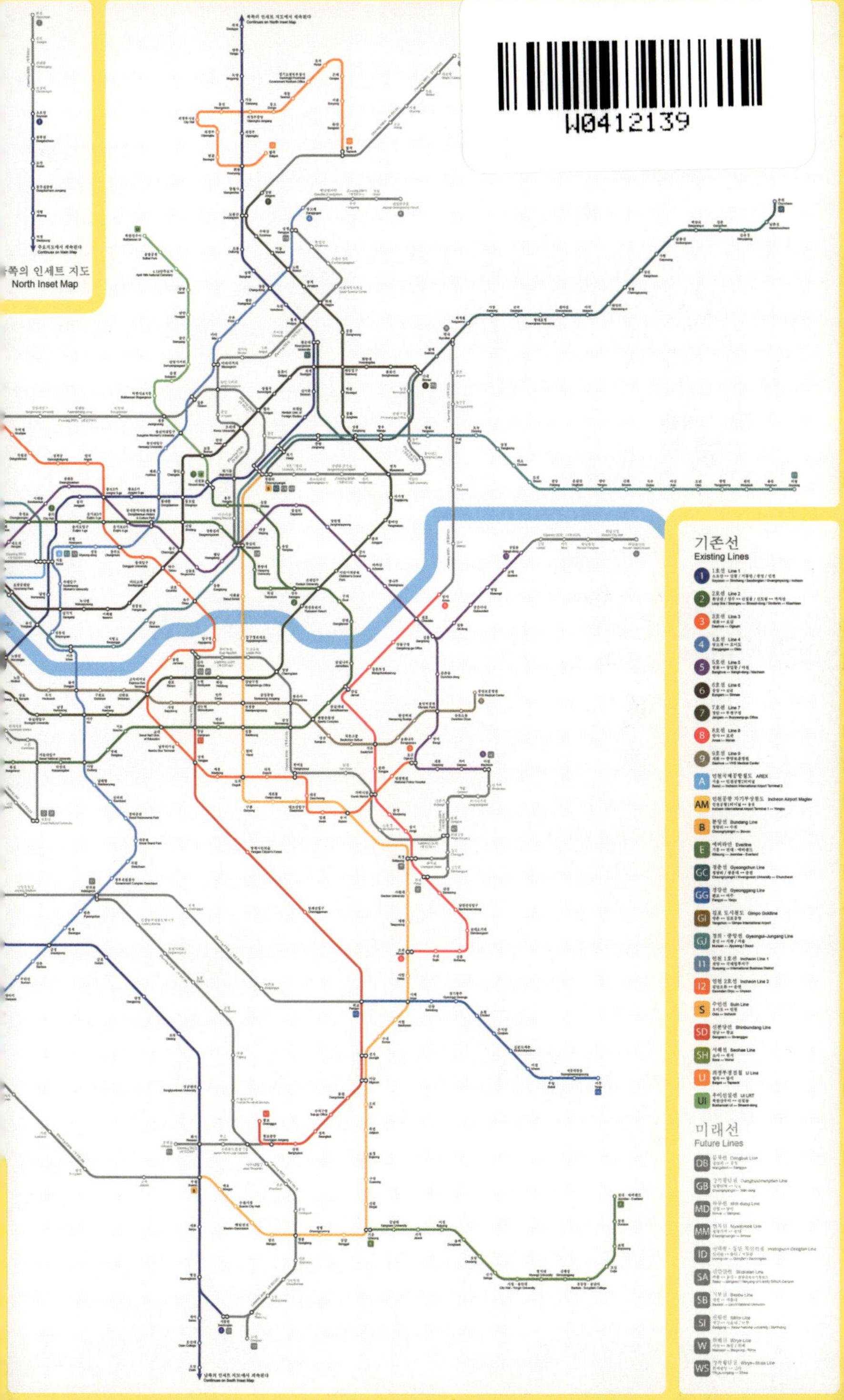

쪽의 인세트 지도
North Inset Map
Continues on North Inset Map
Continues on Main Map
Continues on South Inset Map
기존선
Existing Lines
1 1호선 Line 1
2 2호선 Line 2
3 3호선 Line 3
4 4호선 Line 4
5 5호선 Line 5
6 6호선 Line 6
7 7호선 Line 7
8 8호선 Line 8
9 9호선 Line 9
A 인천국제공항철도 AREX
AM 인천공항 자기부상철도 Incheon Airport Maglev
B 분당선 Bundang Line
E 에버라인 Everline
GC 경춘선 Gyeongchun Line
GG 경강선 Gyeonggang Line
GI 김포 도시철도 Gimpo Goldline
GJ 경의·중앙선 Gyeongui-Jungang Line
I1 인천 1호선 Incheon Line 1
I2 인천 2호선 Incheon Line 2
S 수인선 Suin Line
SD 신분당선 Shinbundang Line
SH 서해선 Seohae Line
U 의정부경전철 U Line
UI 우이신설선 UI LRT
미래선
Future Lines
DB
GB
MD
MM
ID
SA
SB
SI
W
WS

BAOBAB

In Korea wird der Familienname dem Vornamen vorangestellt. Diese Regel wurde auch in der vorliegenden deutschen Übersetzung angewendet.

BAOBAB

Baobab heißt der Affenbrotbaum, in dessen Schatten sich die Menschen Geschichten erzählen. Baobab heißt auch das Buchprogramm, in dem Bilderbücher, Kindergeschichten und Jugendromane aus aller Welt in deutscher Übersetzung erscheinen. Herausgegeben wird es von Baobab Books, der Fachstelle zur Förderung kultureller Vielfalt in der Kinder- und Jugendliteratur.

Informationen zu unserem Gesamtprogramm und unseren Projekten finden Sie unter: www.baobabbooks.ch

Baobab Books dankt terre des hommes schweiz und zahlreichen weiteren Geldgebern, insbesondere dem Bundesamt für Kultur, das den Verlag mit einem Förderbeitrag für die Jahre 2019–2020 unterstützt.

KIM Ryeo-Ryeong

Eins – zwei, eins – zwei – drei

Ein Roman aus Korea

Aus dem Koreanischen
von Hyuk-Sook Kim und Manfred Selzer

BAOBAB BOOKS

1

Auf Bewährung

»Spuck's aus. Wie viel Spendengelder hast du von Dung-Ju kassiert? Hab ich nicht gesagt, dass ich dir genauso viel zahle, wenn ich später Geld verdiene? Also komm schon und bring Dung-Ju endlich um! Ich flehe dich an! Es ist mir auch völlig egal, ob du ihn von einem Blitz treffen oder von einem Auto überfahren lässt. Hauptsache, er beißt ins Gras! Es kann doch nicht sein, dass du jedem alles einfach so vergibst, bloß weil er am Sonntag hierherkommt und betet, selbst wenn er die ganze Woche durch Menschen quält. Was soll denn das! Wenn das die Regeln der Kirche sind, dann solltest du sie schnellstens ändern! Das ist einfach falsch. Wenn du ihn diese Woche nicht um die Ecke bringst, dann komme ich wieder und sage dir, was ich davon halte. Im Namen des heiligen und allmächtigen Herrn, Amen.«

»Lieber Schwester, schön, dass Sie hier sind.«

Schlechtes Koreanisch, wuscheliges Haar, dunkle Haut und dicke Lidfalten. Alles spricht eindeutig dafür, dass er aus Südostasien stammt. Allerdings habe ich es bis jetzt noch nicht für nötig gehalten, ihn nach seiner Herkunft zu fragen. Heute ist mein dritter Besuch in dieser Kirche und jedes Mal ist mir dieser Mann begegnet.

Ich sehe ihn flüchtig an und verlasse die Kirche. Idiot! Was soll dieser Quatsch mit der Schwester? Bin ich etwa ein Mädchen? Mann, ich wäre nicht hier, wenn Dung-Ju nicht in diese Kirche gehen würde.

»Mein Gott, ihr Schwachköpfe! Schau sich mal einer an, wie hier gelernt wird! Wie oft habe ich euch gesagt, dass ihr nicht lernen sollt. Die Welt wird von zwei, drei auserwählten Typen angeführt. Alle anderen haben nur eine einzige Funktion, und die ist, die Bevölkerungszahl aufzustocken. Und diese Aufgabe habt ihr bereits erfüllt.«

Derjenige, der das sagt, ist der »Gangsterlehrer«, mein Klassenlehrer Dung-Ju. Er heißt eigentlich Dong-Ju; aber wir nennen ihn »Dung-Ju«, weil er so scheiße ist. Er nennt sich selbst »Gangsterlehrer« und behauptet, dass nicht er seine Schüler zu Gangstern ausgebildet habe, sondern dass sie von sich aus zu solchen geworden seien. Das komme der Frage gleich: Was war zuerst da? Das Huhn oder das Ei?

»Seht euch Wan-Duk an. Seine körperliche Kondition, sein cholerischer Charakter, sein soziales Umfeld – es mangelt ihm an nichts, um später mal Gangster zu werden. Er ist der geborene Schlägertyp: Kann nicht bis drei zählen, aber drei Männer gleichzeitig umhauen. Kein Problem. Hey, wenn du später erfolgreich bist, vergiss deinen Lehrer nicht«, höhnt Dung-Ju, wohl erwartend, dass alle lachen.

Aber es lacht niemand. Man kann Dung-Jus sehr eigenartigen Launen ausgesetzt sein, wenn man im falschen Moment lacht.

Ich glaube allerdings, dass er kaum Ahnung von Gangstern hat. Er kann froh sein, dass ich nicht wirklich ein Gangster bin, denn ein Gangster kümmert sich nicht darum, ob jemand ein Lehrer ist oder nicht.

Für einige bin ich ein Schlägertyp. Aber noch mal für alle zum Mitschreiben: Ich bin kein Schlägertyp! Ich bin bisher, wenn möglich, Schlägereien sogar aus dem Weg gegangen. Ich will keine Aufmerksamkeit von anderen. Nur die Kerle, die meinen Vater einen Zwerg nannten, habe ich verprügelt. Nicht etwa, weil ich meinen Vater liebe oder so was Kitschiges. Nein, ich habe diese Typen verprügelt, weil mir das Ganze total peinlich war und es mich gleichzeitig zum Austicken gebracht hat. Mir war dabei egal, ob sie sich über meinen Vater, der tatsächlich sehr klein ist, lustig gemacht oder dies nur als Vorwand benutzt haben, um mich auszulachen.

»Was für eine Schule ist das hier, wo wahllos jeder am ›Freiwilligen Lernen‹ teilnehmen muss, weil das in Wirklichkeit eine Pflicht ist? Sollte man nicht die Spreu vom Weizen trennen und nur jenen Schülern das FL anbieten, aus denen auch irgendetwas werden kann? Hm, was sollen wir da machen …? Hockt einfach da und wer schlafen möchte, der schläft halt. Das hier ist meine Schlussrede für heute, also geht nach Hause, wenn ihr denkt, dass die FL-Stunde um ist.«

Dung-Ju kratzt sich am Kopf und verschwindet aus dem Klassenzimmer. Und nach einem guten zeitlichen Abstand verlasse auch ich den Raum.

»Hey, hey, Do Wan-Duk, von mir aus kannst du gerne das FL schwänzen. Aber Herr Do, gehen Sie doch zumindest bitte erst, nachdem ich aus dem Flur verschwunden bin.«

»…«

»Komm mit, wenn du schon mal hier bist. Ein Schüler aus einer anderen Klasse hat die Lebensmittel für Sozialhilfeempfänger nicht mitgenommen, weil es ihm peinlich ist. Die kannst du haben.«

»…«

»Was denn? Ist dir das etwa auch peinlich? Schwachkopf, dass man arm ist, das ist nicht peinlich, aber dass man verhungert, das schon.«

Mir ist es peinlich, dass du mein Klassenlehrer bist.

»Keine Widerrede, du nimmst die mit. Und lass mir die Packungen mit dem leckeren Instantreis übrig.«

Dung-Ju geht voran. So wie er läuft, steht er einem Möchtegerngauner in nichts nach. Und was die Lebensmittel für Sozialhilfeempfänger angeht: Kann er nicht ein bisschen

Rücksicht auf meine Würde nehmen und etwas diskreter sein? Ich erwarte ja keine Wohltat von ihm, etwa dass er sie heimlich vor unserer Haustür abstellt und wieder verschwindet. Aber was macht er? Er lässt seinen Schüler, einen Sozialhilfeempfänger, die Lebensmittel mit nach Hause nehmen, um sie dann selbst zu essen. So jemand ist wirklich der hinterhältigste und übelste Typ auf diesem Planeten …

Weil ich von Dung-Ju abgefangen wurde, muss ich am FL teilnehmen und die Lebensmittel für einen Sozialhilfeempfänger aus einer anderen Klasse mit nach Hause nehmen. Ich kann sie auch nicht einfach unterwegs wegschmeißen, weil Dung-Ju immer wieder völlig unerwartet eine Packung Instantreis haben will. Wie lange ist es her, dass ich gebetet habe …? Was macht der liebe Gott überhaupt? Oh Mann!

Durch das Glasfenster der Eingangstür fällt Licht. Anscheinend ist mein Vater zu Hause. Mittwoch, 23:10 Uhr. Eine Uhrzeit, zu der er normalerweise in einer anderen Stadt ist.

»Hallo, Papa?«

»Sch-Sch-Schriftsteller Wa-Wan-Duk …«

Anstelle meines schnell sprechenden Vaters antwortet ausgerechnet mein langsam redender Onkel Min-Gu.

»Ach, Onkel, du bist auch da! Wie viele Male muss ich dir noch sagen, dass ich kein Schriftsteller bin.«

Man sagt zwar, dass man einen Satz im Koreanischen bis zum Ende hören müsse, um zu verstehen, was gesagt wird, aber ich habe die Fähigkeit, den letzten Teil der Sätze Onkel Min-Gus bereits zu kennen, wenn ich nur den Anfang höre.

Onkel Min-Gu arbeitet als Tanzpartner für weibliche Gäste in einem Lokal für Gesellschaftstanz. Keinesfalls ein Gigolo, sondern ein Tänzer, der offiziell eingestellt worden und für die gute Stimmung auf der Tanzfläche zuständig ist.

Der Lokalbesitzer hat ihn als Notlösung eingestellt, um sein Geschäft, das kurz vor der Schließung stand, zu retten. Die Jitterbug-Schritte meines Onkels sind heiter und flott, wann immer ich sie sehe. Der Jitterbug-Tanz kann geradezu schmierig aussehen, wenn man bei der Mimik versagt oder die Schritte nur ein bisschen verzögert ausführt. Aber der Tanz meines Onkels versetzt sowohl die Tanzpartnerin als auch den Zuschauer in heitere Stimmung.

»Sie sind ziemlich gut. Würden Sie bitte später noch einmal mit mir tanzen?«

»Da-da-das geht klar.«

Ja, wenn bloß seine Sprache nicht wäre, die einen auf der Stelle vollständig in die Realität zurückholt.

In unserer kleinen Einzimmerwohnung, einem rechteckigen Betonkasten auf dem Dach eines Mehrfamilienhauses, stehen Gepäckstücke, die ich zum ersten Mal sehe. Wie bei einer Familie, die mithilfe einer professionellen Firma umzieht, stehen neben dem Metallschrank zudem blaue Plastikkisten. Es sind Kisten, an deren oberem Ende ein Kleiderbügel angebracht ist, und in denen mein Vater seine Tanzkostüme aufbewahrt. Da insgesamt drei Kisten im Zimmer stehen, gehe ich davon aus, dass auch die Tanzkostüme meines Onkels mitgebracht worden sind.

»Hast du nicht gehört, dass du auf die Uni gehen kannst, wenn du gute Romane schreibst? Du solltest ... Ach, vergiss es, wir essen jetzt«, sagt Vater.

Beim Reden tätschelt er eine Kleiderkiste, als spreche er mit ihr. »Führe ein anderes Leben als ich«, hätte er gerne gesagt, nehme ich an. Und auch noch hinzugefügt: »Und dafür solltest du fleißig Romane schreiben!« Es heißt zwar, dass heutzutage jeder dahergelaufene Idiot Romane schreibt – aber leider Gottes bin ich weder dahergelaufen noch ein Idiot.

Soll ich etwa meine Natur ändern, weil ich nicht dazu in der Lage bin, etwas zu schreiben?

Das Missverständnis meines Vaters bezüglich meines Schreibtalents fing an, als ich fünf Jahre alt war. Es gibt ein Lied, das jedes koreanische Vorschulkind unbedingt können muss. *Unser Kindergarten* heißt es und an allen, wirklich allen Institutionen, egal ob Krabbelstube, Kita oder Kindergarten, wird den Kindern dieses Lied beigebracht und sie müssen es bis zur Heiserkeit singen. Ich habe keine Ahnung, warum ich dieses Lied immer mit dem Weihnachtslied *Santa Claus is Coming to Town* vermischt habe.

Im Garten wohnen die Blumen zusammen.
Im Kindergarten wohnen wir zusammen.
Du weinst besser nicht,
du schmollst besser nicht,
ich sag dir warum,
der Weihnachtsmann kommt in die Stadt …

Es ist für mich ein Rätsel, warum sich der Weihnachtsmann immer wieder in mein Lied einschleichen musste, wobei ich mich auch frage, warum er auf mein etwa fünfjähriges Leben einen so großen Einfluss ausgeübt hatte. Die Betreuerin der Kita schimpfte, dass die anderen Kinder wegen mir durcheinanderkommen würden. Aber beim Elterngespräch sagte sie meinem Vater, dass ich goldig und originell singe, woraufhin er ihr Kosmetikartikel schenkte.

Dieses Missverständnis meines Vaters erreichte seinen Höhepunkt mit meinem Eintritt in die Klasse von Dung-Ju. Dank des Schuldirektors, der Wert auf eine »offene und gefühlsorientierte Erziehung« legte, fand ein Essaywettbewerb zum Frühlingsempfang statt und hier bewies sich mein angebliches Schreibtalent. Etwas zu schreiben war nichts für mich und solche kitschigen Wettbewerbe entsprachen ebenso wenig meinem Geschmack. Was hätte ich aber machen sollen? Ich durfte das Klassenzimmer nicht verlassen, bis ich irgendetwas Geschriebenes abgegeben hatte. Ich erfüllte ungefähr die vorgeschriebene Wortzahl und brachte so den Wettbewerb hinter mich.

»›Der alte Kim fährt Bok-Nyo mit einer Rikscha herum und zwingt sie zur Prostitution. Das brachte die Ehefrau Kims auf hundertachtzig und sie starb.‹ Das hast du geschrieben, richtig? Und was hat der alte Kim dann mit der Sichel getan? Wow, da kann man nicht einmal von einer Fusionserzählung sprechen. Hast du die Erzählungen *Der Glückstag* und *Die Kartoffel* überhaupt gelesen? Kann es sein, dass du die Auszüge aus den Erzählungen A, B und C der letzten Klausur als eine Erzählung verstanden hast?«

»…«

»Du hast sicher gedacht, dass ich das nicht einmal durchlese, weil es sich nur um eine förmliche Teilnahme an einem Essaywettbewerb handelt. Stimmt's?«

Dung-Ju gab mir während seiner Worte ein paar Kopfnüsse. Er hatte recht. Ich war davon ausgegangen, dass er meinen Essay nicht durchlesen würde. Aber ich dachte auch, dass es mit dem alten Kim, seiner Frau und Bok-Nyo wirklich so gelaufen war, zumindest während des Schreibens meines Aufsatzes. Und ich meinte, ich schreibe einen Essay analog zur gegenwärtigen Gesellschaft, in der Affären zwischen jungen Schülerinnen und älteren Männern immer alltäglicher werden. Dung-Ju, der Lehrer für Sozialkunde ist, sagte, dass er sich über mich kaputtgelacht habe, weil ich einen Aufsatz geschrieben hätte, der seine literarischen Kenntnisse beleidige. Daraufhin fällte er ein eigenartiges Urteil: Neunundneunzig

Stockschläge auf zwölf Monate Bewährung für meinen Aufsatz und auch für die Schlägerei, die ich Anfang des Schuljahrs angezettelt hatte. Weil ich die Schläge nicht auf der Stelle bekommen hatte, verließ ich mit einem unbeholfenen Schmunzeln das Lehrerzimmer.

Bis heute habe ich die Bewährungszeit unbeschadet überstanden. Das betrifft aber nicht nur mich. Soviel ich weiß, befinden sich die meisten der vierzig Schüler aus meiner Klasse auf Bewährung: vierzig Runden um den Schulhof laufen auf vier Monate Bewährung, den Boden des Klassenzimmers blank putzen auf einen Monat Bewährung, der gesamten Klasse Limonade ausgeben auf eine Woche Bewährung.

Wie dem auch sei, an dem Tag, an dem wir in unsere Dachwohnung einzogen, und zwar genau am Einzugstag, haben sich – typisch für mein Glück – mein Vater und Dung-Ju kennengelernt. Der wohnte tatsächlich direkt im Nachbarhaus, ebenfalls in einem Betonbau auf dem Dach. Zwischen den Umzugskartons fragte mein Vater ihn, was ich später einmal machen solle. Doch Dong-Ju verwandelt sich nach der Schule in einen stinknormalen Menschen. Ihn um Rat über die Zukunft eines Schülers zu bitten, entsprach auf keinen Fall seinem Lebensmotto. Deshalb blieb es bei einer oberflächlichen und nicht ernsthaft durchgeführten Beratung.

»Ich habe gelesen, was Wan-Duk über ein Buch geschrieben hat. Das war goldig und sehr originell. Ich würde empfehlen, dass er sich für das Fach Kreatives Schreiben bewirbt.«

Mein Vater ließ die Gelegenheit nicht aus, Dung-Ju zu erzählen, dass ich seit meiner Kindheit Talent zum Schreiben zeigte. Dung-Ju stimmte meinem Vater in die Hände klatschend bei. Die beiden waren schnell einer Meinung und einen Tag später musste ich Dung-Ju mit einem Geschenk, einer mit 18 Karat vergoldeten Krawattennadel, aufsuchen.

Ich habe aber nach wie vor kein Interesse am Romanschreiben. Nur mein Vater, der von Dung-Ju angelogen worden war, interessiert sich weiter dafür.

Mein Vater räumt, so gut es geht, sein Gepäck aus, setzt sich auf den Boden und lehnt sich an die Kleiderkisten.

»Mein Chef schafft es wegen der Steuern nicht mehr, das Tanzlokal weiterzuführen. Er will es in etwas namens ›Colathek‹ umwandeln, ein Lokal, in dem kein Alkohol angeboten wird und das schon gegen zehn Uhr nachts schließt.«

In Vaters Stimme höre ich Bedauern und Enttäuschung.

»Ja, dann wirst du eben in dieser Colathek ...«

»Er hat gesagt, dass er auch das Ambiente ändern will, wenn er schon das Ladenschild auswechselt. Er scheint keinen Stimmungsmacher wie mich mehr zu brauchen.«

Ich besuchte gerade mal die vierte Klasse, als ich bereits größer war als mein Vater. Demnach war er ein erwachsener Mann von kleiner Statur. Auf keinen Fall ein Junge. Aber die Leute verstanden das nicht. So wie man ein Kind anspricht, rief man auch ihn mit »Hey«, »Du« oder »Junge«. Ein Schulterzucken meines Vaters genügte, um die Leute zum Lachen zu bringen. Ich konnte jenes Lachen wirklich nie ausstehen. Und jetzt mögen sie meinen Vater wohl nicht mehr.

»Dann bist du nun in einem anderen Lokal?«

»In anderen Lokalen sieht es ähnlich aus. Ich werde mich mal nach einer anderen Arbeit umschauen.«

Vater legt seinen kleinen Smoking in einen großen Koffer.

»Ein Tanzlokal in Bucheon will Min-Gu anstellen, er will aber nicht hin ...«

»Ah ja.«

Onkel Min-Gu, ein herzensguter Mensch, schmunzelt nur vor sich hin.

Die Gäste lachten sich tot, wenn sie den ernsten Tanz meines Vaters sahen. Onkel Min-Gu und ich waren die Einzigen, die nicht lachten. Frauen, die mit meinem Vater tanzten, steckten ihm Geldscheine in den Hut und tätschelten sogar seinen Hintern. Anscheinend wird man für ein Kind gehalten, wenn man physisch klein ist. Aber Onkel Min-Gu sah in meinem Vater kein Kind. Und diesem Onkel brachte mein Vater Jitterbug, Cha-Cha-Cha und Jive bei. Onkel Min-Gu lernte wirklich unermüdlich und tanzte viel schöner, als er es beigebracht bekam.

»Deine Figur ist fantastisch, aber dein Koreanisch katastrophal, hihihi.«

Wenn Onkel Min-Gu nicht redete, dann hieß es, er sei arrogant, aber wenn er redete, dann lachte man ihn aus. Es gab auch gemeine Gäste, die ihn absichtlich ansprachen, um sich über ihn lustig zu machen. Woher ich das alles weiß? Minderjährigen ist es zwar verboten, in Tanzlokale zu gehen, aber dass ein Sohn seinen Vater an seinem Arbeitsplatz besucht, das ist nicht verboten.

Mein Vater und Onkel Min-Gu haben also aufgehört, in dem Tanzlokal zu arbeiten. Tja, die Leute, die über sie gelacht haben, werden sich von nun an ziemlich langweilen.

»Ich werde mal Waren in der U-Bahn verkaufen gehen.«

Ich nehme den Koffer, den Vater neben die Zimmertür gestellt hat, in die Hand und stehe auf.

»Darf da jeder einfach irgendwas verkaufen?«

»Wenn ich schnell von einer U-Bahn in die andere wechsle, sollte es keine großen Probleme geben. Es wird schon gut gehen.«

Ich lege den Koffer oben auf den Metallschrank.

Zwei Menschen, die zuvor in einem lauten und dunklen Raum gearbeitet haben, wollen nun eine Arbeit an einem stillen und hellen Ort in Angriff nehmen. Zwei Menschen, die bisher tagsüber nicht einen Schritt aus ihrer Unterkunft getan haben, entscheiden sich für eine Beschäftigung, bei der sie am Tag unterwegs sind. Ist es gut, seine Arbeitsbedingungen dermaßen extrem zu ändern? Ich weiß es nicht.

Genau in diesem Moment höre ich: »Wan-Duk! Wan-Duk, Schwachkopf!«

Es ist Dung-Ju vom Dach des Nachbarhauses. Immer um Mitternacht ruft er schreiend nach mir.

»Wer ruft dich denn da?«

»Mein Klassenlehrer, wer sonst?«

Ich gehe schnell raus.

»Hey, Schwachkopf! Wieso hat das so lange gedauert? Wirf mir eine Packung Instantreis rüber!«

Er ist wahrscheinlich der einzige Klassenlehrer auf der Welt, der einem von Sozialhilfe lebenden Schüler den Instantreis wegisst.

Ich hole eine Packung aus der Wohnung und werfe sie Dung-Ju gezielt an den Kopf. Sie trifft ihn ... und bringt ihn um! Nein, daneben ...

»Warum weißer Reis? Vorgestern hast du doch braunen bekommen!«

»Gestern habe ich die letzte Packung davon gegessen.«

»Sei sparsamer, Schwachkopf!«

Verdammte Scheiße ... Habe ich jemals gesagt, dass du mich als Sozialhilfeempfänger anmelden sollst? Bisher hatte ich diese Unterstützung nicht erhalten. Aber nun hat Dung-Ju mit der Begründung »finanzielle Not« aus mir einen Sozialhilfeempfänger gemacht. An sich ist das nicht schlecht. Es ist sogar ziemlich gut, weil ich eine Ermäßigung beim Schulgeld und kostenloses Mittagessen bekomme und dadurch meinen Vater etwas entlasten kann. Nur Dung-Ju kann ich wirklich nicht leiden. Er versäumt keine Gelegenheit, mir klarzumachen, dass er etwas irrsinnig Großartiges für mich getan hat. Außerdem frisst er mir das Essen weg, das ich bekomme, als wäre es sein eigenes.

»Hallo! Wie geht's Ihnen?«

Vater ist aufs Dach gekommen.

»Ach, Sie sind zu Hause?«

»Ich habe meinen Job verloren!«

»Dann sehen wir uns in Zukunft ja öfter!«

»Ja! Sieht so aus!«

Die lauten Stimmen peitschen vom einen Dach zum anderen.

»Wer schreit hier wie ein Bekloppter jede Nacht nach Wan-Duk oder Man-Duk? Ihr blöden Arschgesichter! Habt ihr kein Telefon?«, brüllt jemand. Aus dem Fenster des gegenüberliegenden Hauses, schaut nur der Kopf eines Mannes heraus. Das Gefluche zerteilt die dunkle Nacht.

»Hey, Sie! Bei Wan-Duk gibt es keinen Telefonanschluss!«, schreit Dung-Ju aus vollem Halse zurück und verschwindet schnell in seiner Wohnung.

Wir haben einen Telefonanschluss. Lieber Gott, du musst Dung-Ju unbedingt noch in dieser Woche umbringen.

Drei Monatsraten

»Was ist das hier alles?«

»Zu-zum Ma-Ma-Ma-Massieren.«

»Habt ihr viel verkauft?«

»Ver-ver-verfolgt. Oh …«

»Wer hat euch verfolgt?«

»Solche Typen. Die Typen, die das Revier bewachen. Grundlos eigentlich, nur weil wir unsere Waren nicht von ihnen gekauft haben«, antwortet Vater.

»Verstehe …«

Vater und Onkel haben mehr als die Hälfte ihrer Waren auf der Flucht verloren. Oder besser gesagt: weggeworfen. Es ist weniger der Verlust der Waren als vielmehr das Auge meines Onkels, das ein Problem darstellt. Die Haut um sein Auge ist aufgeplatzt und an den Beinen hat er blaue Flecken. Wahrscheinlich hat er alle Schläge, auch die für meinen Vater, auf sich genommen. Dennoch schmunzelt er. Dabei ist mein Vater nicht mal sein tatsächlicher Bruder …

»Ho-ho-holen wir sie.«

»Ich hab sie weggeworfen.«

Onkel Min-Gu zerbricht sich den Kopf über die Sachen, die sie auf der Flucht fallen gelassen hatten. Er versteht nicht, warum sie die Sachen nicht aufgesammelt, sondern liegen gelassen haben; Vater erklärt ihm die Situation und Onkel Min-Gu versteht es schließlich doch noch: »Ach so.«

»Den kannst du haben«, meint Vater jetzt und schiebt Onkel Min-Gu seinen Lieblingshut zu.

Vater brachte an seinen Hüten Fransen an oder steckte Federn ins Band und lockte so vor dem Tanzlokal Leute an. Aber den Hut, den er jetzt Onkel Min-Gu gibt, hatte er ausschließlich auf der Bühne getragen. Er war alt und gerade deswegen ansehnlich und schick.

Onkel Min-Gu spielt eine CD mit Disco-Musik ab und drückt die Wiederholungstaste. Das Lied *Monkey Majik* füllt das Zimmer aus. *Ein Affe klettert auf einen Baum*. Onkel Min-Gu trägt den Hut sehr tief und tanzt Disco. Ihm scheint es ziemlich dreckig zu gehen. Denn er tanzt sonst nie Disco. Wie auch immer, sein linkes Auge muss ihm schrecklich wehtun.

»Schreibst du fleißig?«, fragt mich Vater.

»…«

»Du solltest studieren.«

»…«

»Ich meine nicht, dass du es an eine der besten Unis schaffen musst. Du sollst nur all das, was die anderen erleben, auch mal gemacht haben. Die Zeit, die man verpasst, kann man nicht nachholen, wie sehr man es auch möchte. Während der Fahrt mit der U-Bahn-Linie 2 habe ich einige Studenten gesehen, die sahen gut aus.«

Monkey Monkey Monkey, Monkey Majik,
Monkey Monkey Monkey, Monkey Majik.

Der Disco-Tanz meines über dreißigjährigen Onkels, *der* sieht gut aus.

Ich schlage mein Heft auf dem Esstisch auf. Nicht, weil ich auf die Uni möchte, sondern weil ich denke, dass mein Vater mich in diesem Moment in dieser Pose sehen möchte. Er dreht die Musik ein bisschen leiser. Dann drückt er sanft meine Schulter. Er will mich ermutigen. Dann bindet er jeweils drei von den Gemüseschneidern mit Massagefunktion, die er nicht auf der Flucht fallen gelassen hat und vielleicht noch verkaufen kann, mit einem Gummiband zusammen. Denkt er etwa so was wie »Ich binde die Gemüseschneider zusammen und du schreibst schön«? Das ist wirklich… Wie soll ich denn etwas schreiben, wenn ich so was noch nie gemacht habe? Wenn nur mein Onkel nicht mit solch bedrücktem Gesicht den Disco-Tanz geben würde. Dann würde ich dieses alberne Theater lassen.

»Wow, was für ein künstlerischer Raum das hier ist! U-hu, Monkey Majik!«, sagt Dung-Ju, während er ungestüm die Tür aufreißt und sich umschaut. »Es wird getanzt, geschrieben und gearbeitet. Großartig!«

»Hallo. Schön, dass Sie vorbeischauen«, begrüßt mein Vater ihn und steht schnell auf.

Onkel Min-Gu, der gerade noch Disco getanzt hat, drückt sich geschwind an die Wand, als er den Fremden sieht.

»Ich bin gekommen, weil ich dachte, dass Sie zu Hause sind«, erklärt Dung-Ju und stellt zwei Flaschen Soju, ein billiger Schnaps, sowie gegrillten Tintenfisch auf dem Boden ab und setzt sich zu meinem Vater.

»Gehen Sie denn wirklich gar nicht mehr ins Tanzlokal? Hey, Wan-Duk, hol uns Gläser.«

Ich gehe in die Küche, die sich hinter der einzigen Zimmertür unserer Wohnung befindet.

»Das Lokal ist geschlossen.«

Ich stelle drei Schnapsgläser auf den Boden.

»Tja, und was haben Sie jetzt vor?«

»Ich werde mal versuchen, in der U-Bahn etwas zu verkaufen.«

»Das wird gar nicht so einfach.«

»Nichts ist einfach, so viel steht fest. Komm und sag Hallo. Das ist Wan-Duks Lehrer.«

Onkel Min-Gu nimmt den Hut ab und setzt sich neben Vater auf den Boden.

»Sch-sch-schön, Sie ke-ke-kennenzulernen. I-i-ich heiße Na-Na-Nan-Ninggu.«

Onkel Min-Gu streckt höflich die Hand aus. Sein Kopf ist zu tief gebeugt.

»Nanning, wie die Stadt in China? Sie sind nach Ihrer Heimatstadt benannt? Wow, das ist hart!«

»Nam! Min! Gu!«, sage ich, während ich den Tintenfisch in Streifen reiße.

»Ach so, Herr Nam. Sie und Wan-Duk sind …?«, fragt Dung-Ju Onkel Min-Gu.

»Er ist mein Onkel, der jüngere Bruder meines Vaters«, antworte ich. Das stimmt zwar nicht, aber ich habe keine Lust, es genauer zu erklären.

»Wooow! Und deswegen ist sein Familienname also Nam, deiner aber Do, was für ein interessanter Familienstammbaum«, sagt Dung-Ju, als er das Glas meines Onkels füllt.

Vater hüstelt. »Er macht nur Spaß«, erklärt er, füllt Dung-Jus Glas und fährt fort: »Ich konnte unbesorgt in einer anderen Stadt arbeiten, weil ich wusste, dass Sie hier sind.«

»Mit Wan-Duk habe ich es sehr schwer. Ich weiß nicht, was ich ihm angetan habe, dass er ausgerechnet ins Nachbarhaus einziehen musste.«

»Früher haben wir in einem der unteren Stockwerke gewohnt, aber da sich unsere finanzielle Lage verschlechtert hat, sind wir hier nach oben gezogen«, erläutert Vater und leert sein Glas. Mein Onkel schenkt ihm nach.

»Apropos Familie, Sie leben allein?«, fragt Vater.

»Ich habe hohe Ansprüche. Ich nehme nicht jede Frau. Mh-hm.«

Ist das so, lieber Lehrer? Ich glaube, nicht deine Ansprüche sind hoch, sondern die Frauen haben kein Fünkchen Interesse an dir und deshalb bist du alleine alt geworden. Heirate aber nicht zu überstürzt, sonst kann es sein, dass die Braut schon bald nach der Hochzeit die Kirche aufsucht wie ich.

»Ja ..., äh, übrigens wüsste ich gerne, ob Wan-Duk mit dem Schreiben Fortschritte macht.«

»Klar, er ist auf jeden Fall besser geworden. Er geht querbeet durch die europäische und die asiatische Geschichte und das männliche und das weibliche Geschlecht.«

Wahrscheinlich redet er von dem letzten kleinen Test. Ich habe wirklich gedacht, dass Jeanne d'Arc ein Asiate war, der auf einem Pferd durchs Land ritt.

Vater sieht zufrieden aus. Die zwei Flaschen Soju, die Dung-Ju mitgebracht hat, sind schnell leer. Alle drei scheinen guter Stimmung zu sein.

»Die Musik ist zu leise«, sagt Dung-Ju und dreht die Lautstärke voll auf. Die Mini-Audioanlage, das beste Stück in unserem Haushalt, führt stolz ihre Höchstleistung vor.

Monkey Monkey Monkey, Monkey Majik!

Monkey Monkey Monkey, Monkey Majik!

»Welches Arschgesicht schreit hier mitten in der Nacht nach *Magic*! Willst du mit *Magic Tape* das Maul gestopft bekommen?«, brüllt der Mann von gegenüber.

Dung-Ju streckt den Kopf aus der Tür und schreit: »Hey, Sie! Wan-Duks Vater konnte nicht zur Arbeit gehen, weil er kein *Magic Tape* hat.«

Wenn Dung-Ju mit *Magic Tape* das Klebeband meint, besitzen wir durchaus welches. Das ist aber ein Büromaterial und steht mit den Gemüseschneidern mit Massagefunktion, die mein Vater verkauft, in überhaupt keinem Zusammenhang.

Dung-Ju verabschiedet sich wie nebenbei von meinem Vater und macht sich aus dem Staub.

»Wer hat das auf die Webseite gestellt?« Dung-Ju ist stinksauer. Irgendwer hat auf der Schulwebseite geschrieben, dass er im Unterricht andauernd Quatsch erzählt und auch das FL nicht ernst nimmt.

»Während ihr im Kindergarten wart, habt ihr doch in den teuren Privatnachhilfeschulen alles für die erste Klasse gelernt, während der ersten Klasse alles für die zweite Klasse, während der zweiten Klasse alles für die dritte und so weiter. Sagt mir, was zum Teufel wollt ihr von mir lernen? Was man an der Uni lernt?«

»Ich besuche keine Privatnachhilfeschule«, witzelt Hyeok-Ju, der Spasti, der die Situation nicht richtig gecheckt hat.

»Das weiß ich, Schwachkopf! Das zeigen schon deine Noten. Hast du das etwa geschrieben? Und wieso? Weil du auf die Uni möchtest?«

»Wäre nicht schlecht, klar.«

»Steh auf und sing die dritte Strophe unserer Nationalhymne.«

Hyeok-Ju schiebt beim Aufstehen geräuschvoll den Stuhl zurück. »Ich kenne die dritte Strophe nicht.«

»Geh auf die Uni. Und such dir eine, die dir auch noch ein Stipendium gibt, wenn du einen Kumpel mitbringst. Man wartet dort sicherlich schon sehnsüchtig auf dich.«

Die Schüler lachen amüsiert und schlagen mit den Händen auf die Tische.

»Wer war der Beste bei der letzten Prüfung? Ah, Jeong Yun-Ha.«

Yun-Ha ist eine Mitschülerin, die nicht nur gut aussieht, sondern auch gute Noten hat.

»Jeong Yun-Ha, sing mal die Nationalhymne von der ersten bis zur vierten Strophe.«

Yun-Ha bewegt sich keinen Millimeter. Anscheinend ist sie auch noch sehr stolz.

»Kennst du den Text nicht oder kannst du nicht singen?«

»…«

»Du musst unbedingt auf die Seoul Universität. Die Studenten dort sind zwar intelligent, aber rotzfrech.«

Von hinten sehe ich, dass Yun-Ha unbewegt nach vorne schaut. Bestimmt wirft sie Dung-Ju einen bösen Blick zu.

»Ab heute kriegt jeder einen Mordsärger mit mir, wenn er das FL schwänzt oder dort pennt. Okay, los geht's mit dem Unterricht. Die internationale Notwendigkeit der UNO wird immer offensichtlicher, aber ihr tatsächlicher Handlungsspielraum ist immer noch unzureichend. Diesen Umständen entsprechend werden der Multilateralismus und die diplomatische Rolle des UNO-Generalsekretärs Ban Ki-Moon neu bewertet. Die Probleme mit der Soft Power, mit denen die UNO sich jetzt beschäftigt, sind im Gegensatz zu früher …«

Dung-Ju benimmt sich nach Ewigkeiten wieder mal wie ein Sozialkundelehrer. Aber genau deshalb schlafe ich verdammt noch mal gleich ein.

»… dreißig, einunddreißig, zweiunddreißig, dreiunddreißig …«

Im Erdgeschoss bin ich von Dung-Ju erwischt worden, als ich mich vom FL wegschleichen wollte. Während meiner Bewährungszeit. Deswegen muss ich die Schläge hinnehmen. Dankbarerweise führt er die neunundneunzig Schläge in drei Raten aus. Ich betone noch einmal, dass ich kein bisschen mit dem Gedanken spiele, zu studieren. Das FL ist für mich nichts anderes als Schlafen im Sitzen auf einem unbequemen Stuhl. Und ich wüsste wirklich keinen Grund, warum ich jeden Tag das Schlafen auf einem Stuhl trainieren sollte.

»Ich hab doch gesagt, dass du das FL nicht schwänzen darfst, Schwachkopf! Wirst du dich etwa um mich kümmern, wenn ich meinen lächerlichen Lehrerlohn verliere und meine

Miete nicht mehr zahlen kann? Soll ich zusammen mit deinem Vater in der U-Bahn Gemüseschneider mit Massagefunktion verkaufen?«

Da lacht irgendjemand auf.

»Welcher Schwachkopf hat da gelacht? Hast du ein Problem damit, dass man in der U-Bahn Gemüseschneider verkauft? Man geht diesem Geschäft nach, um zu überleben, was gibt's da zu lachen? Diese Menschen sind hundertmal besser als die Kerle, die völlig gesund sind, aber verdammt noch mal nur zu Hause rumhängen, Schwachköpfe!«

Was Dung-Ju sagt, ist alles wahr. Das ist alles hundertprozentig richtig. Aber diese wahren Worte gehen mir ziemlich auf die Nerven. Es ist ähnlich, wie wenn einer das Geheimnis eines anderen ausplaudert und dann sagt: »Habe ich etwa gelogen? Das ist doch die Wahrheit!« Dung-Ju ist ein Mensch, der sich erst zufriedengibt, wenn er den Stolz eines anderen verletzt hat. Ein Mensch, der einen zur Lachnummer macht, indem er etwas hinzufügt, was nicht unbedingt ausgesprochen werden muss. Ein wertloser Mensch, dem es nicht genug ist, dass ich für meinen Fehler einstehe, und der deshalb noch meinen Vater mit hineinzieht.

Mir tut mein Hintern weh.

»Heute wird gepostet, dass ich einen Schüler verprügelt habe? Die Polizei ist vermutlich schon bald hier, hm? Ihr seid doch so verdammt pflichtbewusst, wenn es ums Anzeigen geht.«

Dung-Ju wirft den Stock, mit dem er mich geschlagen hat, zu Boden und geht hinaus.

»Wow, Wan-Duk, dein Vater tanzt jetzt also nicht mehr, sondern verkauft Massage-Gemüseschneider in der U-Bahn? Na ja, ich hab mich eh gefragt, wie deine Haut so glatt geworden ist.«

Genau in so einem Moment wie jetzt passiert es. Mein Körper reagiert schneller als mein Gehirn. Mit einem Tritt schleudere ich Hyeok-Ju in Richtung Schließfächer.

Genau aus diesem Grund sollten sie das Maul halten. Die Schlägereien, die sie in ihrem Wohnviertel als Kinder beim Spielen kennengelernt haben, und die, die ich gleich nach der Geburt von meinen breitschultrigen Ziehonkeln zu sehen bekommen habe, spielen in einer völlig anderen Liga.

Hyeok-Ju versucht nun, mir einen Jab zu verpassen, aber seine Faust trifft ins Leere, woraufhin ich sie packe und ihm einen seiner Finger verdrehe.

Es knackt.

Heute lasse ich es bei einem Finger bewenden. Wenn er aber noch mal so einen Scheiß macht, kann ich ihm auch ganz locker das Handgelenk brechen.

Ich lasse den vor Schmerz schreienden Hyeok-Ju hinter mir zurück und verlasse das Klassenzimmer.

Aus einer Telefonzelle in einer U-Bahn-Station rufe ich Onkel Min-Gu an.

»Wo bist du?«

»Li-Li-Linie 3.«

»Wo in der Linie 3?«

»Nu-nu-nur von Gu-Gu-Gupabal nach Dae-Dae-Daehwa …«

»Hin, dann wieder zurück?«

»Ja.«

»Alles klar.«

Ich fahre zuerst nach Gupabal.

»Hundert Prozent Rückgabegarantie. Auch wenn sie an einem scharfen Nagel hängenbleibt, bekommt sie kein Loch: eine hochelastische, hochelastische Strumpfhose. Fünf Stück für nur eintausend Won. Eine hochwertige Strumpfhose, sehr gut geeignet als Geschenk, als Geschenk für Mutter und Schwester.«

Heute steht eine Strumpfhose auf dem Programm. Aber die Leute interessieren sich nicht dafür. Ihr Interesse gilt ausschließlich meinem Vater, der ungefähr so groß ist wie sie im Sitzen. Sie schauen ihn nicht offensichtlich an. Als ob sie ihn nicht sehen würden, werfen sie ihm lediglich verstohlene Blicke zu. Vater glänzt mit seinen Fähigkeiten, mit denen er einst Leute vor dem Tanzlokal angelockt hat, jetzt in der U-Bahn. Normalerweise lacht er selten. Aber wenn er Leute anlockt, dann lacht er augenscheinlich aus purer Freude. In meiner Kindheit dachte ich, dass er lache, weil er sich wirklich freue.

Onkel Min-Gu geht mit den Strumpfhosen im Fünfer-Pack zwischen den Fahrgästen hin und her. Plötzlich steckt Vater die Strumpfhosen hastig in eine Kiste. Onkel Min-Gu macht dasselbe.

Als die U-Bahn hält, steigt Vater zuerst aus. Nach ihm zwei Männer, die wie meine Bodyguards ganz dicht neben mir gestanden haben.

»Lauf!«

Onkel Min-Gu rennt unglaublich schnell, obwohl er die Kiste mit den Strumpfhosen trägt. Auch mein Vater ist schneller als gewöhnlich. Aber dennoch langsamer als die beiden Männer. Schließlich wird er von ihnen geschnappt.

»Dieser dreckige Zwerg! Bist du taub oder was? Ich hab doch gesagt, dass du dich hier nie wieder blicken lassen sollst!«

Zwischen Onkel Min-Gu und mir wird auf meinen Vater eingeprügelt. Onkel Min-Gu kommt von vorne und ich von hinten in die Mitte angestürmt. Wir kümmern uns jeweils um einen der Männer. Onkel Min-Gu kämpft, weil mein Vater geschlagen wird, und ich kämpfe, weil ich sauer bin. Ich bin sauer wegen Dung-Ju und weil man meinen Vater schlägt. Ich habe wirklich keine Ahnung, warum uns diese verrückte Welt andauernd provoziert, obwohl wir ihr nichts tun.

»Papa, hau schnell ab!«, schreie ich meinem Vater zu, während ich den dicken der beiden Männer an der Taille umklammere. Aber Vater bewegt sich kein bisschen von der Stelle.

»Lauf schon!«

Auch jetzt rennt er nicht weg. Ich habe keine andere Wahl, als weiterzukämpfen. Aber wegen meines Onkels erweist sich das als schwierig. Er kann nicht unterscheiden, ob ich meinen Gegner schlage oder von ihm geschlagen werde. Ich verpasse dem Typen einen Schlag gegen den Solarplexus. Während er taumelt, muss ich dann, weil er größer ist als ich, meinen Rücken einsetzen, ihn schnell über die Schulter zu Boden werfen und seine Körperrotation ausnutzen, um sein Handgelenk zu verdrehen.

»T-t-trag ihn doch nicht Huckepack!«, meint mein Onkel, der trotz des Mannes, der auf ihn einprügelt, zu mir rübergekommen ist. Sein Gegner scheint ebenso baff zu sein. Nun greifen mich die beiden Männer gemeinsam an. Sie haben offenbar begriffen, dass sie meinen Onkel nicht ernst nehmen müssen.

Ich darf nicht offen mit dem Rücken zu ihnen stehen. Schlagen und zurückziehen, schlagen und zurückziehen, auf diese Weise sorge ich dafür, dass niemand hinter mich kommt. Habe ich keine Waffe zur Hand, dann wird eben mein Gegner zu meiner Waffe. Die beiden greifen mich gleichzeitig an. Ich schicke einen Jab seitlich gegen das Kinn des Mannes, der zuerst in meine Reichweite kommt. Die Wirkung muss ziemlich heftig sein, da er meinen nachfolgenden Schlag unter sein Ohr abbekommt. Er fällt zu Boden. Der Kampf ist so gut wie beendet. Nun muss ich nur noch den anderen erledigen.

Ich fasse das Fußgelenk des Mannes, der am Boden liegt, und will es ihm verdrehen. Genau in dem Moment meint mein Onkel ganz dicht an meinem Ohr: »Z-z-zu Boden gefallen.«

»Tritt mal zurück!«

Verdammt, ich habe den richtigen Moment verpasst. Der Fuß des Mannes landet heftig in meiner Seite. Mir bleibt die Luft weg. Vater rennt auf den anderen Mann zu. Obwohl er ihm lediglich bis zur Taille reicht... Er greift den Mann an, aber nicht, um zu kämpfen, sondern um an meiner Stelle Schläge einzustecken.

Aus der Ferne höre ich Trillerpfeifen.

»Hi-hi-hier!«, schreit mein Onkel den Ordnungshütern zu, die durch die Menschenmenge gerannt kommen. Es wird sowohl für unsere Gegner als auch für uns problematisch, wenn sie uns kriegen.

»Lauf!«

Genauso wie unsere Gegner rennen auch wir davon. Um die Kiste mit den Strumpfhosen können wir uns leider nicht kümmern.

Diesmal werde ich von meinem Vater geschlagen. Ich wüsste gerne, warum ich ins Tanzlokal durfte, nicht aber in die U-Bahn. Ich war nicht gekommen, um zusammen mit ihm seine Waren zu verkaufen. So ein guter Sohn bin ich nicht. Ihn und meinen Onkel aus der U-Bahn abzuholen, das war alles, was ich wollte. Obwohl die Flucht etwas umständlich verlief, haben sie es letztlich aus der U-Bahn-Station geschafft. Und ich bekomme nun deshalb Schläge. Zwar bin ich es, der geschlagen wird, aber mein Vater sieht davon mitgenommener aus als ich. Als ob er plötzlich alt geworden wäre.

»Herr Do! So ist es genau richtig! Sonst hätte ich ihn morgen rangenommen!«, schreit Dung-Ju vom Dach des Nachbarhauses rüber.

Heute meldet sich der Mann von der anderen Straßenseite nicht zu Wort. Gott sei Dank!

Ich habe keine Ahnung

»Ist das wirklich dein Ernst? Arbeitet dein Hirn etwa nicht richtig, weil dich die Dornen deiner Krone so sehr stechen? Schau dir doch mal an, was Dung-Ju so treibt. Er vermöbelt seine Schüler, wie er gerade Bock hat, und lässt sich bei einem von ihnen zu Hause volllaufen. Dieser sogenannte Lehrer hat keine Persönlichkeitserziehung erhalten und deswegen kann er seinen Schülern so eine auch nicht geben. Wie soll man ihn wieder in seine Kindheit zurückversetzen und die Erziehung nachzuholen? Es gibt also nur einen einzigen Weg: Bring ihn um die Ecke! Wenn du das auch diese Woche nicht tust, gehe ich in einen buddhistischen Tempel. Dann werde ich nie wieder an dich glauben! Im Namen des heiligen und allmächtigen Herrn, Amen.«

»Lieber Schwester, Sie sind wieder da.« Der Mann aus Südostasien lächelt mich an.

Ich bin ein gesunder, kräftiger Koreaner. Was soll das also mit der Schwester?

Ich verlasse die Kirche. Es ist Nacht und kein einziger Stern ist am Himmel zu sehen.

Als ich zu Hause ankomme, ist mein Onkel bereits eingeschlafen. Der vitruvianische Mensch von Leonardo da Vinci. Der Mann, der auf diesem Bild im Adamskostüm mit frei von sich gestreckten Beinen dasteht. Die idealen Proportionen. Die Frisur eines Bohemiens. Weit geöffnete Augen und eine fantastische Figur, die er einem harten Fitnesstraining zu verdanken scheint. Immer wenn ich meinen Onkel sehe, fällt mir das Bild des vitruvianischen Menschen ein. Die beiden sehen sich wirklich verdammt ähnlich.. Ich bilde mir mittlerweile immer ein, wenn ich den Mann im Bild *Der vitruvianische*

Menschen sehe, dass auch er sich mit »Nam Mi-Mi-Min-Gu« vorstellen würde.

»Iss was.«

Vater hat für seinen Sohn, den er geschlagen hat, und welcher von zu Hause weggerannt und doch wieder zurückgekommen ist, Instantnudeln gekocht. Er bringt sie mir zusammen mit dem bereits gekochten, gemischten Instantreis von gestern. Dung-Ju wird wieder rasend sein.

»Ich habe vor, es mal bei den regionalen Markttagen, die alle fünf Tage stattfinden, zu probieren.«

»Aha ...«

»Iss und geh ins Bett.«

»Okay.«

»Geh Schlägereien aus dem Weg.«

»...«

Ich mache die Plastikreisschale auf und gebe den trocken gewordenen Inhalt in die heiße Nudelsuppe.

Ein paar Tage später kauft mein Vater einen Gebrauchtwagen. Ein kleiner, weinroter Tico Jahrgang 96, das kleinste Modell in Korea. Der Größe meines Vaters angemessen, wurde der Sitz maximal hochgestellt und ganz nah ans Lenkrad geschoben. Wenn er fährt und man von außen in den Wagen schaut, denkt man, der Wagen fahre von alleine. Mein Vater wird mit diesem Auto von Markt zu Markt durchs Land fahren. Wie dem auch sei, jetzt haben auch wir ein eigenes Auto. Mein Onkel steigt auf der Fahrerseite aus.

»Gu-gu-gutes Auto.«

Er sieht zufrieden aus. Als wäre er gefahren.

Vater schüttet Soju gegen den Reifen.

»Wir werden langsam fahren und uns nicht betrunken ans Steuer setzen«, lautet dabei seine gebetsartige Beschwörung.

»Himmel Herrgott, wo kommt dieser Schrotthaufen her?«

Natürlich wieder Dung-Ju, wer sonst. Der Bibel nach, die er unter den Arm geklemmt hat, kommt er anscheinend von der Kirche. Man kann behaupten, was man will, aber er geht ziemlich gewissenhaft dorthin.

»Ich will mich mal an den Markttagen umschauen.«

»Das ist doch die Schrottlaube unter den Schrottlauben! Wird das Ding während der Fahrt nicht einfach auseinanderfallen?«

»Für sein Alter sieht der Kilometerstand ziemlich passabel aus.«

Dung-Ju steckt den Kopf durch das Wagenfenster und blickt auf den Kilometerstand. »Wow! 190 000 Kilometer. Der ist schon so weit gefahren, wie er kann. Was für einen Mumm der Kleine hat, dass er überhaupt so weit gekommen ist!«

»Er war noch nie in einen Unfall verwickelt. Na ja, ich fahre vorsichtig.«

»Seien Sie nett zu ihm. Er sieht so aus, als würde er bald die Radieschen von unten zu sehen bekommen. Na, dann mach ich mich mal auf den Weg.«

Mein Onkel schaut Dung-Ju nach, der sich den Kopf kratzend nach Hause geht.

Mein Vater und mein Onkel nehmen alle Gemüseschneider und Strumpfhosen mit. Es wird eine Weile dauern, bis sie wieder zurückkommen. Denn bevor er abfährt, sagt mein Vater, dass er für sein Geschäft irgendwo einen festen Stand finden wolle. Die Entschlossenheit, mit der mein Vater die Dinge vorantreibt, muss man wirklich anerkennen.

»Warum sind die Wagen für die Abwasserentsorgung und Müllabfuhr grün?«, fragt der Spasti Hyeok-Ju, als Dung-Ju die *Grüne Bewegung* erklärt.

»Was ist denn das für eine Frage? So was bekommt man im Kindergarten beim Fingermalen zu hören, Schwachkopf!«

Das Lachen der Schüler bringt das Klassenzimmer zum Beben.

»Es hat mich einfach plötzlich interessiert.«

»Die Farbe Grün ist angenehm für die Augen und steht auch für Umweltfreundlichkeit. Was für ein Unsinn wäre das, wenn der Wagen für die Abwasserentsorgung die Farbe von Scheiße hätte?«

»Aber es gibt unter den Wagen für die Abwasserentsorgung auch gelbe«, meint einer ernsthaft.

»Ihr seid so bescheuert. Macht einfach ohne mich weiter.«

In dem Moment läutet die Glocke.

»Wan-Duk! Komm mal kurz mit. Und die anderen machen eine kleine Pause und beginnen dann mit dem FL!«

Ich folge Dung-Ju ins Lehrerzimmer.

»Deine Mutter, die ist aus Vietnam.«

»Wie bitte?«

»Hat dein Vater dir nichts gesagt?«

Meine Mutter ... mein Vater hat noch nie von meiner Mutter erzählt und ich habe ihn auch noch nie nach ihr gefragt. Aber ausgerechnet Dung-Ju spricht jetzt von ihr. Und dann soll sie auch noch eine Vietnamesin sein.

»Sie hat sich gefreut, als ich ihr gesagt habe, dass du deinem Vater nicht ähnlich bist. Anscheinend hat sie sich große Sorgen gemacht.«

»Ich habe keine Mutter.«

»Natürlich hast du eine, Schwachkopf. Ich hab mich ja schon oft gefragt, wie man einen so grundehrlichen Familienstammbaum wie du haben kann. In deiner Familie ist wirklich jeder Einzelne ...«

Lieber Gott. Noch in dieser Woche musst du Dung-Ju umbringen. Sonst jage ich die Kirche in die Luft.

»Woher sollte meine Mutter so plötzlich auftauchen? Sie ist nicht einmal im Melderegister eingetragen. Soll das ein Witz sein?«

»Mann, du hast aber einen beachtlichen Dachschaden. Sie ist vor fünfzehn Jahren aus dem Melderegister gestrichen worden! In deinem Familienregister steht sie aber noch. Hast du noch nie von so einem Register gehört? Deine Eltern sind nicht einmal geschieden. Sie leben seit fünfzehn Jahren lediglich getrennt. Deine Mutter ... sie hat den Auszug des Familienregisters, den sie vor Ewigkeiten ausgestellt bekommen hat, immer noch.«

»Fa-Familienregister?«

»Richtig, Schwachkopf! Damals hat man automatisch die koreanische Staatsbürgerschaft erworben, wenn man einen Koreaner geheiratet hat. Ja, deine Mutter ist im Familienregister offensichtlich mit ihrem koreanischen Namen als deine Mutter eingetragen.«

So ein Scheiß, ich kann kein einziges Wort Vietnamesisch. Außerdem spreche ich das Wort Mutter nicht aus, weil ich noch nie jemanden so genannt habe. Aber Dung-Ju, dieser Typ, erzählt einfach weiter irgendwelchen Unsinn ...

»Willst du dich mal mit ihr treffen?«

»Wen soll ich warum treffen? Woher nehmen Sie das Recht zu behaupten, dass jemand, den ich bisher nicht einmal kenne, meine Mutter ist? Woher wollen Sie das wissen? Was habe ich Ihnen getan?«

Ich renne aus dem Lehrerzimmer. Ich wollte mich eigentlich nach langer Zeit tatsächlich mal beim FL mitmachen, aber meine Laune ist völlig im Eimer. Statt ins Klassenzimmer zurückzugehen, verlasse ich die Schule direkten Weges.

Die Umstände sprechen dafür, dass ich von zu Hause abhauen sollte. Ich sollte einen Zettel hinterlassen, auf dem steht »Ich habe das Geheimnis meiner Geburt erfahren. Im Moment möchte ich allein sein, deswegen gehe ich fort«, und verschwinden. Aber die Menschen, die sich mein Vater und meine Mutter nennen, sind schon vor mir gegangen. Wenn es ganz dumm läuft, renne ich von zu Hause weg, komme zurück und lese meinen eigenen Zettel. Die Wahrscheinlichkeit dafür ist sogar sehr hoch. Was für eine Familie ist das denn, bei der selbst das Wegrennen von zu Hause völlig zwecklos wird! Ich irre umher und der Ort, an dem ich letzten Endes lande, weil ich alleine sein möchte, ist mein Zu Hause.

»Wan-Duk! Wan-Duk!«

Es ist Dung-Ju. Ich ziehe die Decke über den Kopf.

Mein Vater hat mir einmal gesagt, dass ich eine dicke Decke aus Baumwolle über mich ziehen solle, wenn ein Krieg ausbricht. Eine Kugel sei Teil einer Waffe und dringe mit extrem hoher Rotation in etwas ein, aber durch die Rotation würde die Baumwolle an der Kugel haften bleiben und deshalb wäre die Kugel nicht in der Lage, die Decke zu durchdringen. Ich konnte noch nicht mal laufen, als der Golfkrieg ausbrach. Mein Vater rief mir diesen Krieg ins Gedächtnis. Er meinte, dass es sehr danach aussähe, dass so ein Krieg bald auch in Korea ausbreche. Ich konnte seine Worte nicht einfach ignorieren, denn als ich die sechste Klasse besuchte, habe ich im Fernsehen die amerikanischen Raketen gesehen, die in den Irak flogen. Der Krieg in unserem Land ist nicht beendet, wir haben nur einen Waffenstillstand. Daher könnte der Krieg, »Peng!«, irgendwann wieder fortgeführt werden. Ich war höchst beunruhigt. Von der Sache mit den Kugeln abgesehen, woher sollte ich eine Decke herbekommen, die eine Rakete abwehren kann? Meine größte Sorge war damals, wie ich mir eine kolossale Baumwolldecke besorgen könnte. Später erkannte ich, dass moderne Kugeln und Raketen keine Geschosse sind, die man mit einer Baumwolldecke abwehren kann. So wie ich jetzt weiß, dass ich Dung-Ju nicht abwehren kann, indem ich die Decke über den Kopf ziehe.

»Schwachkopf, ich weiß, dass du da bist! Mach sofort die Tür auf!«

Er tritt heftig mit dem Fuß gegen die Tür, die aus aus Stahl und Aluminium besteht. »Wan-Duk! Wan-Duk!«

Geh, bitte geh einfach weg! Ich werde wirklich noch von zu Hause wegrennen, weil ich diesen Dung-Ju einfach nicht mehr sehen kann.

»Hey, Wan-Duk oder Man-Duk, mach sofort die beschissene Tür auf! Jede Nacht dasselbe! Ihr seid wohl lebensmüde, ihr blöden Arschgesichter?!«

Es ist der Mann von gegenüber. Heute lässt er sich mit seinem Auftritt nicht viel Zeit. Ich muss das Geschimpfe unterbinden, das zu dieser späten Stunde durch die Gasse dröhnt. Ich habe keine andere Wahl und öffne die Tür.

»Hey, Wan-Duk hat die Tür aufgemacht!«, brüllt Dung-Ju lauthals und kommt schnell herein.

»Ein Schüler, der seine Schultasche einfach so in der Schule liegen lässt und nach Hause geht? Ein verdammt toller Schüler bist du!«

Dung-Ju stellt meine Schultasche ab, die ich in der Schule liegen gelassen habe. Dann holt er eine Flasche Soju hervor.

»Ein Schüler, der in seiner Schultasche eine Flasche Soju hat ... Hol Gläser.«

Na klar, er hat sie unterwegs gekauft und in meine Tasche gesteckt.

Ich stelle ein Glas vor ihn hin.

»Hol noch eins.«

Ich schaue ihn an.

»Hol noch eins, Schwachkopf!«

Ich hole noch ein Glas.

»Hier.«

»…«

»Muss ich immer alles zweimal sagen? Hier, Schwachkopf!«

Ich nehme den Soju in meinem Glas entgegen und trinke ihn in einem Zug. Ob es genauso brennt, wenn man Benzin trinkt? Der Alkoholgeruch, der sofort durch die Nase geht, ist entsetzlich und ich habe das Gefühl, meine Augen würden durch irgendeinen Druck herausspringen.

»Hast du noch nie Alkohol getrunken?«

»…«

»Jedenfalls, als ich dich zum ersten Mal gesehen habe, habe ich gedacht, dass deine Augenbrauen so dicht sind, dass es fast schon frech ist. Deine Mutter … die ist in Seongnam. In unserer Kirche gibt es ein ›Obdach für ausländische Arbeiterinnen und Arbeiter‹ und der Verein ist gekoppelt an das Obdach in Seongnam.«

Dung-Ju sagt, dass meine Mutter in Seongnam in einer Gaststube arbeite. Und dass es wesentlich mehr Familien wie meine gebe, als ich mir vorstellen könne. Es gebe Fälle, in denen eine Frau in sehr jungen Jahren einen Mann, den sie vorher nicht einmal gesehen hat, in einem fernen Land heiratet. Dieser Mann ist entweder behindert oder schwer krank und sieht aus, als liege er schon so gut wie auf dem Sterbebett. Die Frau sei nur auf dem Papier die Ehefrau. In Wirklichkeit verrichte sie in einem Dorf am Ende der Welt oder gar auf einer Insel alle möglichen Arbeiten, bis sie tot umfalle. Daher komme es vor, dass solche Frauen schweren Herzens die Flucht ergriffen, wenn sie ein Kind zur Welt gebracht haben und der Mann kein Auge mehr auf sie hat. Aus der Sicht des Mannes heißt es dann, die Frau sei geflohen, aber aus der Sicht der Frau handelt es sich um internationalen Heiratsschwindel.

Dung-Ju sagt auch, dass meine Mutter es echt schwer gehabt haben müsse, in einem Land, in dem Vorurteile über Behinderte zur Genüge vorhanden seien, ja in einem Land, in dem man hinsichtlich anderer Länder von Dritter Welt rede – lächerlicher geht's ja nicht – und in dem Menschen aus armen Ländern missachtet würden.

Es mag stimmen, was er sagt. Was ist dann aber mit mir? Meine Lebensumstände sind genauso wie die meiner Mutter, plus die eine Sache, dass ich ohne Mutter lebe. Wahrscheinlich um mich zu trösten, fügt Dung-Ju noch hinzu, dass mein Vater seine Behinderung nicht verheimlicht, sondern auf dem Anmeldeformular angegeben habe, aber der Mittelsmann habe diese Angabe schlichtweg gestrichen und die Heirat vorangetrieben. Das bedeutet, dass mein Vater kein böser Mensch ist, und keinen Betrug begangen hat, um meine Mutter zu heiraten.

»Sie möchte dich sehen.«

»Fragen Sie meinen Vater.«

»Dich, sie möchte dich sehen.«

»Deswegen habe ich gesagt, dass Sie meinen Vater fragen sollen.«

»Schwachkopf. Dich möchte sie sehen!«

»Wie viele Male muss ich das noch sagen! Fragen Sie zuerst meinen Vater!«

»Schon gut, Schwachkopf. Hab verstanden. Wie wir alle wissen, bist du ein verdammt guter Sohn. Ich gehe jetzt.«

Dung-Ju trinkt den Soju aus wie Wasser und verlässt die Wohnung.

Von draußen tritt er gegen die Tür.

»Schließ ab, Schwachkopf!«

Ich setze mich an den Tisch, der mein Schreibtisch und zugleich unser Esstisch ist, und schlage meinen Notizblock auf.

Alles klar, dann fange ich mal an, was zu schreiben. Ein Roman ist doch keine große Sache. Wenn ich einfach aufschreibe, wie ich gelebt habe, bin ich schon Kandidat für den Literaturnobelpreis.

»Hey, Schätzchen, bring mir mal eine neue Strumpfhose«, sagten Kellnerinnen im Tanzlokal oft zu mir.

»Ist das hier eine Kinderkrippe, oder was? Hey, Zwerg! Ich hab doch gesagt, dass du ihn nicht hierherbringen sollst!«, hatte der Lokalbesitzer dagegen meinen Vater oft angefahren.

Die Instantnudeln, die ich mir seit irgendwann selbst koche und alleine esse. Das Wasser, das aus dem Topf mit dem Reis überkocht. Der nasse Herd. Wie ich also lebe ... Was für ein beschissenes Leben ich bisher geführt habe. Während all dieser Zeit gab es keine Mutter. Eine Vietnamesin also.

Klatsch! Mein Notizblock, den ich davonschleudere, schlägt an die Wand und fällt zu Boden.

»Diejenigen, die eine private Nachhilfeschule besuchen, heben mal die Hand. Zuerst die, die nur für ein einzelnes Fach dorthin gehen.«

Einige heben die Hand.

»Jetzt die für alle Fächer. Was soll denn das, einige heben die Hand und nehmen sie wieder runter? Meldet euch richtig. Wer eine Nachhilfeschule besucht, den lass ich vom FL befreien.«

Meine Mitschüler heben auf einmal blitzschnell die Hände.

»Do Wan-Duk, nimm die Hand runter.«

Wieso er ausgerechnet neben mir wohnen muss! Ich kratze mich mit der Hand, die ich wieder runternehme, am Kopf.

»Ab heute machen alle beim FL mit, egal, ob man eine Nachhilfeschule besucht oder nicht.«

»Buh ...«

»Ich musste das nachprüfen, Anweisung von oben, ihr Schwachköpfe. Macht eine kleine Pause, dann fangt mit dem FL an.«

Niemand kann Dung-Ju das Wasser reichen, wenn es darum geht, Schüler hereinzulegen.

»Wan-Duk, hast du ein bisschen darüber nachgedacht?«

»Worüber?«

»Hab verstanden, Schwachkopf.«

Dung-Ju verlässt das Klassenzimmer.

»Was will der von dir? Worüber sollst du nachdenken?«

Hyeok-Ju, dieser lästige Kerl. Den Finger, den ich ihm umgeknickt hatte, hat er eingegipst. Trotzdem hört er nicht auf, mich zu nerven.

»Ich soll auf die Seoul Uni gehen.«

»Seoul Uni? Nicht Yun-Ha, sondern du? Dung-Ju hat wohl nicht mehr alle Nadeln an der Tanne!«

Es ist wie ein Wettbewerb: der Spasti Dung-Ju gegen den Spasti Hyeok-Ju.

»Was auch immer, Dung-Ju führt ein wahres Theater auf, um dich vorm Schulverweis zu retten. Spuck's jetzt aus. In welchem Verhältnis stehst du zu ihm?«

Hyeok-Ju hält mir den eingegipsten Finger vor die Nase. Die Krone für den König unter den Spastis geht zweifellos an Hyeok-Ju. Na ja, es ist tatsächlich eigenartig, dass mir nichts passiert ist, obwohl ich Hyeok-Ju den Finger gebrochen habe.

Dung-Ju hat sich wohl für mich eingesetzt, weil er mir was schuldet. Hat Gott ihn deswegen diese Woche überleben lassen? Trotzdem, Dung-Ju muss in den nächsten Tagen sterben. »Ich flehe dich an! Amen.«

»Ich teile mein Essen mit ihm, so ein Verhältnis.«

Das ist nicht ganz falsch, weil er mir meine Lebensmittel für Sozialhilfeempfänger wegisst.

»Warum isst er dein Essen? Er ist nicht dein Vater und dein älterer Bruder schon gar nicht. Du und Dung-Ju, seid ihr etwa irgendwie verwandt?«

»Lassen wir das mal so stehen.«

»Ich hab gewusst, dass da was im Busch ist. Hey, Leute, Wan-Duk und Dung-Ju sind verwandt!«

Alle schauen in meine Richtung. Total peinlich! Dung-Ju erledigen, danach zur Kirche, um Hyeok-Ju zu erledigen.

Muttermilch

»Die-die Wohnung ist dre-dreckig.«

»Dafür stotterst du aber heute weniger.«

Mein Onkel lächelt über beide Ohren. Und putzt die Wohnung. Am Morgen glänzt der Zimmerboden, als ob man ihn eingewachst hätte. Der Sonnenschein auf dem Boden wird so stark reflektiert, dass es blendet. Für diesen Glanz muss mein Onkel die ganze Nacht über kein Auge zugetan haben. Es ist lange her, dass ich in einem Zimmer aufgewacht bin, das blitzblank ist.

»Dieses Arschgesicht will einen vollkommen Unschuldigen anschwärzen!«

»Wer sonst aus unserer Straße beschimpft andere mit Arschgesicht!«

Es sind Dung-Ju und der Mann von gegenüber. Ich habe nur darauf gewartet, dass die beiden irgendwann aneinandergeraten.

»Wie oft soll ich noch wiederholen, dass ich das nicht war, Arschgesicht!«

Mein Vater, mein Onkel und ich gehen raus aufs Dach und schauen in die Gasse runter.

Dung-Ju und der Mann aus dem Haus von der anderen Seite sehen so aus, als würden sie sich gleich an den Hals springen.

»Geh mal hin und schau nach, was los ist«, sagt Vater zu mir.

»Okay.«

Auf der Vorderseite des Ticos steht in riesigen Buchstaben ARSCHGESICHT. Es wurde mit einem spitzen Gegenstand kräftig in den Lack geritzt.

»Wer war das?«

»Hey, Wan-Duk, gut, dass du da bist. Der hier war das natürlich, was glaubst du denn? Er tut aber völlig unschuldig.«

»Aha, du bist also der berühmte Wan-Duk oder Man-Duk?«

»Waren das wirklich Sie?«

»Hast du Beweise? Ich will wissen, ob du Beweise hast?!«

Mein Vater und mein Onkel sind dazugekommen und sehen die in den Lack geritzten Buchstaben.

»K-K-Kritzelei, das darf man nicht«, meint mein Onkel, mit der Hand herumwedelnd.

»Hä, was für eine Behindertentruppe ist denn hier zusammengekommen?«

Schon wieder. Mein Körper handelt schneller als mein Kopf. Wenn die drei anderen mich nicht aufgehalten hätten, wäre der Mann von gegenüber heute gestorben.

»Was wäre er für ein Sohn, wenn er ruhig bleiben würde, obwohl sein Vater als Behinderter beschimpft wird? Haben Sie bitte Nachsicht.«

Mein Vater, mein Onkel und ich bekommen keinen Ton heraus. Was meinen Onkel angeht, ist das verständlich, da er sowieso entweder einfach wegrennt oder zur Salzsäule erstarrt, wenn er einen Polizisten sieht. Was ich nicht verstehe, ist, warum mein Vater nichts sagt. Wenn man ausschließlich nach dem Gesichtsausdruck urteilen würde, könnte man meinen, er hätte das Auto beschädigt. Was mich betrifft, habe ich nichts zu sagen, da ich den Mann aus dem Nachbarhaus ziemlich übel zugerichtet habe. Statt uns hält daher Dung-Ju eine leidenschaftliche Rede und der Nachbar stöhnt weiter vor sich hin.

»Oh mein Gott, ich sterbe ...«

»Seien Sie bitte mal still!«, schreit der Polizist.

»Man parkt sein Auto vor seinem Haus, ohne sich was Böses dabei zu denken, und irgendjemand kratzt mit einem spitzen Gegenstand einfach so ›Arschgesicht‹ in den Lack. Ist das etwa normal? Ob er das auch getan hätte, wenn dieser Herr nicht behindert wäre? So etwas darf doch einfach nicht sein!«

Dung-Ju schlägt auf den Tisch und es sieht so aus, als würde ihn die Sache sehr mitnehmen. Heute ist sein Schauspiel einigermaßen gut.

»Wieso vor seinem Haus? Es steht vor meinem Haus!«

»Die beiden Haustüren liegen direkt gegenüber, warum soll das also nicht auch vor seinem Haus sein? Und wer hat hier übrigens keinen Wagen?«

»Das ist meine eigene Wohnung, er aber wohnt nur zur Miete!«

»Da er seine Miete bezahlt, hat er ein Recht darauf, die Gasse vor dem Haus zu benutzen!«, lässt Dung-Ju nicht locker.

»Moment, Sie dürfen sich hier nicht so aufführen. Und Sie: Jede Silbe von dem, was er gesagt hat, ist korrekt.«

»Der lange Arm des Gesetzes ist also auch nicht mehr das, was er mal war.«

»Ruhe!«, knurrt der Polizist und schaut den Nachbarn mit weit aufgerissenen Augen vorwurfsvoll an.

Der Nachbar beginnt erneut mit seinem Gestöhne.

»Ich bin sein Klassenlehrer, deswegen kenne ich ihn sehr gut. Dieser Junge hier, das ist ein außerordentlich zuverlässiger Schüler. Ich glaube, heute war es einfach zu viel für ihn und daher wohl dieser Aussetzer. Ich bitte Sie um Nachsicht.«

»Die Sache ist die, dass meine Nachsicht ihm nichts bringt. Ihr Schüler muss sich mit ihm einigen. Und Sie! Sie scheinen nicht schwer verletzt, also wäre es gut, wenn Sie sich mit ihm einigen könnten. Die Gasse vor Ihrem Haus gehört nicht Ihnen alleine. Entweder Sie zahlen den Lack für den Wagen oder Sie einigen und vertragen sich.«

»Ich zahle lieber den Lack für die alte Kiste, als mich mit ihm zu einigen. So einen sollte man wegen Körperverletzung ins Gefängnis stecken! So wie es das Gesetz verlangt, ja, das Gesetz!«

»Verunglimpfung, vorsätzliche Grausamkeit, vorsätzliche Sachbeschädigung, sollen wir auch noch einen Antrag mit einer langen Liste von Entschädigungsforderungen stellen?«, schreit Dung-Ju und schaut dem Nachbarn dabei direkt in die Augen.

»Was?«

»Ich sehe vielleicht nicht so aus, aber ich habe Jura studiert und bin Lehrer für Sozialkunde. Und Sie, Sie lieben also das Gesetz?«

»Pah ... Bei dieser Karre, die fast von alleine auseinanderfällt, soll man von Sachbeschädigung sprechen können?«

Der Nachbar steht auf.

»Hey, hallo, unterschreiben Sie hier, bevor Sie gehen!«, sagt der Polizist.

Der Nachbar drückt seinen Daumen als Unterschrift auf das Papier, das der Polizist ihm hinschiebt, und verlässt die Polizeistation.

Wir zahlen kein Schmerzensgeld und der Mann von gegenüber zahlt auch kein Geld für den Lack des Ticos. Daher steht der Schriftzug ARSCHGESICHT immer noch auf dem Auto. Ich habe ihn aber mit einem roten Marker übermalt, weswegen das Wort nicht mehr so deutlich zu erkennen ist. Ich habe das Gefühl, dass ich so was in Zukunft öfter machen muss. Der

Nachbar zeigt immer den Mittelfinger, wenn er Dung-Ju sieht. Und Dung-Ju formiert dann die Lippen immer zu einem »Fick dich«. Er spricht es nicht laut aus, wegen seiner Position als Lehrer.

Durch den Zwischenfall mit dem Schriftzug wurde in unserem Wohnviertel bekannt, dass Dung-Ju ein Lehrer ist. Man darf Dung-Ju wirklich nicht unterschätzen. Mag sein, dass nun auch der Mann von gegenüber bald den Weg in die Kirche findet.

Als mein Vater den Motor des Ticos anlässt, kommt Dung-Ju mit einem Müllbeutel aus dem Haus.

»Fahren Sie jetzt schon los?«

»Ich habe alle Waren eingekauft und will mich rechtzeitig zu den Markttagen auf den Weg machen.«

»Alles klar. Hat Wan-Duk etwas gesagt?«

»Ist was passiert?«

»Ach nein, ich glaube aber, dass er zurzeit ziemlich eifrig an seinem Roman schreibt.«

»Weil Sie nebenan wohnen, mache ich mir keine Sorgen mehr. Ich kann ganz beruhigt fahren.«

»Ach, Wan-Duk kommt alleine ganz gut zurecht.«

»Schon als Kind war er häufig alleine, wissen Sie.«

»Fahr los, Papa«, sage ich und klopfe aufs Dach des Wagens.

»Wa-Wa-Wan-Duk …«

»Ich werde mich um Wan-Duk kümmern.«

Mittlerweile hat auch Dung-Ju die Fähigkeit, meinen Onkel zu verstehen, selbst wenn er nur den Anfang seiner Sätze hört.

Der Tico verlässt die Gasse. Vollgepackt mit Fingernagelknipser-Sets und Lesebrillen *Made in China*.

Mein Vater und mein Onkel fahren diesmal in die Provinz Chungcheong und werden locker ein bis zwei Monate unterwegs sein. Dort gibt es, verteilt auf einzelne Dörfer, mehr als dreißig kleine und große Markttage im Monat. Wenn man an all diesen Markttagen rechtzeitig dabei sein will, hat man gar keine Zeit, sich auch nur eine kleine Pause an einem Ort zu gönnen. Das ist auch der Grund, warum mein Vater nicht einmal kurz zu Hause vorbeischaut, selbst wenn er zwischendurch in Seoul ist, um wieder Waren einzukaufen.

Zwei Personen, die bisher ausschließlich in einem dunklen Raum getanzt haben, tanzen nun auf dem Markt. Wie ihr Tanz dort aussieht, habe ich noch nicht gesehen. Was auf jeden Fall feststeht, ist, dass sie jetzt gesünder aussehen.

Das Tanzlokal war der Ort, an dem ich Zeuge wurde, wie mein Vater geschlagen wurde und dennoch lächelte. Ich hasste dieses Lächeln und machte mir Sorgen, dass er mit diesem Lächeln im Gesicht anfangen würde zu weinen. Ob er meine Gedanken erraten hatte? Als ich in die siebte Klasse kam, mietete er jedenfalls ein Zimmer in Seoul und ließ mich alleine dort wohnen. Er wollte wohl nicht, dass ich weiter im Tanzlokal auftauchte.

»Wan-Duk, findest etwa auch du meinen Tanz lächerlich? Hahaha. Ich kann tanzen! Warum müssen die anderen aber permanent sagen, dass ich das nicht kann? Der Körper bestimmt den Rhythmus, nicht die Körpergröße. Trottel und Idioten, selbst so etwas Einfaches begreifen sie nicht. Wenn ich nur zehn Zentimeter größer wäre … hahaha«, sagte mein Vater, als ich noch klein war und wenn er Soju trank.

Ab dem Zeitpunkt, an dem ich größer war als er, fingen diese Worte an, mich zu bedrücken. Mit vierzehn nahm ich also Abschied vom Tanzlokal. Es ist aber der erste Ort meiner Erinnerung, und ab und zu vermisse ich ihn.

»Hast du deinem Vater nichts davon erzählt?«

»...«

»Deine Mutter sagt, dass sie ihn nicht sehen möchte.«

»Welche Beweise haben Sie überhaupt, um behaupten zu können, dass sie meine Mutter ist?«

»Ich habe ein Foto gesehen. Ein Familienfoto, das an deinem ersten Geburtstag gemacht wurde. Dein Vater sieht heute noch genauso aus wie damals.«

Ein Familienfoto habe ich noch nie zu Gesicht bekommen.

»Sie hat mir erzählt, dass sie gewartet hat, bis du keine Muttermilch mehr gebraucht hast, erst dann sei sie fortgegangen. Glücklicherweise oder unglücklicherweise bist du ziemlich früh abgestillt worden.«

Ich soll also mit Muttermilch großgeworden sein. Und ich dachte, dass ich mit den Keksen, die mir die Frauen aus dem Tanzlokal zugesteckt haben, aufgewachsen bin.

»Wenn du wirklich nicht willst, dann kann ich dich auch nicht zwingen. Wie nachtragend du sein kannst! Obwohl man das nicht gleich von dir denken würde. Geh und schreib mal schön an deinem Roman weiter, Schwachkopf!«

»Wow, du schreibst einen Roman? Das hätte ich von dir aber nicht gedacht«, meint mein Physiklehrer, der im Lehrerzimmer neben Dung-Ju sitzt, und sieht mich an.

Ich habe noch kein einziges Wort für einen Roman geschrieben, aber Dung-Ju macht aus mir andauernd jemanden, der einen schreibt. Was soll ich machen, wenn das so weitergeht und ich wirklich noch Schriftsteller werde?

In dem Moment, als ich das Klassenzimmer betrete, trifft die Faust des Spastis Hyeok-Ju zielgenau aufs Auge des Strebers Jun-Ho. Hyeok-Ju ist ziemlich schnell, das war mir nicht bewusst gewesen, als ich gegen ihn gekämpft hatte. So schnell, dass man es selbst mit einem Laserhandmessgerät nur schwer erfassen könnte. Das Problem ist jedoch, dass die Faust zwar schnell, aber der Schlag schwach ist. Jun-Hos Gesicht drückt aus, dass er irgendwie ein paar Schläge abbekommen hat, er jetzt aber sagen könne, dass diese gar nicht so schlimm seien. Er beginnt mit seiner Gegenattacke. Faustschläge mit der richtigen Geschwindigkeit und Masse. Die Fähigkeit zum exakten Zielen. Jun-Hos Faust landet perfekt auf Hyeok-Jus Lippen, wie als Mitteilung, dass er genau diese Fresse halten solle. Ein sauberer Schlag, sodass einige Mitschüler, die die Situation nicht richtig einschätzen können, klatschen.

Hyeok-Ju, der für einen Moment wackelig auf den Beinen ist, scheint endlich kapiert zu haben, wie es um seinen Faustkampf bestellt ist, denn er fängt an, Jun-Ho an den Haaren zu ziehen. Es ist schlichtweg bemerkenswert, dass er das kurze Haar Jun-Hos überhaupt zu fassen bekommt. Weil sein Blick verdeckt ist, kann Jun-Ho keinen Schlag mehr ansetzen. Er duckt sich abrupt sehr tief und befreit schließlich seinen Kopf aus dem Griff Hyeok-Jus.

»Lass den Scheiß!«

»Komm nur, du Scheißkerl. Komm nur!«, schreit Hyeok-Ju, der so übel aussieht, als würde er gleich tot umfallen, wenn Jun-Ho ihn weiter angreifen würde.

Aber die Atmosphäre im Klassenzimmer ist irgendwie eigenartig. Es ist nicht der Spasti Hyeok-Ju, sondern der Streber Jun-Ho, den die Schüler flüsternd beschimpfen.

»So ein Arsch! Der hat wohl nichts Besseres zu tun«, sagt Hyeok-Ju, spuckt zu Boden und setzt sich auf seinen Platz.

Auch Jun-Ho geht an seinen Platz zurück. Er scheint gegen Hyeok-Ju als Sieger hervorgegangen zu sein, trotzdem ist er es, der sich blamiert fühlt. Wer soll das verstehen?

»Mann, dieser Jun-Ho ist vielleicht eklig!«

Die Mädchen sprechen schlecht über Jun-Ho und kümmern sich nicht darum, dass er hören könnte, was sie sagen. Oder vielleicht wollen sie sogar, dass er sie hört. Sie reagieren sonderbar darauf, dass die Jungs miteinander gekämpft haben.

Jun-Ho geht aus dem Klassenzimmer. Er nimmt seine Schultasche mit, es sieht so aus, als würde er direkt nach Hause gehen.

»Arschloch, gehst du wieder zeichnen?«, schreit Hyeok-Ju ihm hinterher. Aber er ist bereits weg.

»Es gibt so vieles, was man zeichnen kann, aber dieses Arschloch zeichnet ausgerechnet so einen Comic.«

Als Hyeok-Ju weiterschreit, nimmt auch Yun-Ha ihre Schultasche und geht aus dem Raum. Das ist ein außergewöhnlicher Zwischenfall: Die Beste und der Zweitbeste schwänzen zusammen das FL.

»Hey, Hyeok-Ju, deine Partnerin ist gegangen«, sagt Myeong-Bin, der immer mit Hyeok-Ju abhängt, als wären sie Pech und Schwefel.

»Hast du's auch gesehen?«, fragt Hyeok-Ju.

»Habe ich. Als du auf dem Klo warst, ist es durch die ganze Klasse gegangen«, antwortet Myeong-Bin.

»Wer hat es überhaupt gefunden?«

»Dong-Man. Er wollte ein paar Blätter von Jun-Ho haben, deswegen hat er seine Tasche durchwühlt. Und was für Texte er sonst noch gefunden hat! Ich werd nicht mehr.«

»Je mehr ich daran denke, desto wütender werde ich.«

»Krieg dich wieder ein. Wie könnte Yun-Ha schon deine Freundin sein, wenn nicht in so einem Comic? Die Bilder waren aber ziemlich gut. Was machst du darin aber nur für Sachen mit Yun-Ha, während Dung-Ju vorne unterrichtet?«

Myeong-Bin fängt an, heftig zu lachen und kann nur noch schwer atmen. Offensichtlich hat Jun-Ho, der gar nicht danach aussieht, einen erotischen Comic gezeichnet. Ich verstehe jetzt auch, warum Yun-Ha mit wütendem Blick rausgegangen ist. Aber wieso ist sie die Hauptdarstellerin? Na ja, sie hat ohne Zweifel eine ziemlich große Oberweite, weshalb sich die Bluse ihrer Schuluniform in diesem Bereich auch stark ausbeult. Ich frage mich, ob Jun-Ho morgen zur Schule kommt, und stehe unauffällig auf.

»Hast du etwa einen Harten?«, fragt Myeong-Bin und schaut mich kurz an.

»Ich geh pissen.«

»Na ja, das hättest du jedenfalls sehen müssen.«

Allerdings ... habe ich wirklich einen Harten. Anscheinend checkt der da unten die Lage einfach nicht. Plötzlich heißt es, dass meine Mutter nach siebzehn Jahren aufgetaucht ist ... Weil ich von Anfang an keine Mutter hatte, bereitete mir ihre Abwesenheit auch keine Probleme. Aber jetzt habe ich welche, weil mir gesagt wurde, dass ich doch eine Mutter habe. Weswegen ich außerdem wieder und wieder ins Lehrerzimmer zitiert werde. Seit dem Moment, als es hieß, dass ich eine Mutter habe, habe ich Kopfschmerzen. Komischerweise fallen mir nun Yun-Has Brüste ein und ich habe zusätzlich noch Schmerzen an meinem besten Stück. Jun-Hos Comic, den ich nicht einmal gesehen habe, stelle ich mir so vor, wie es meiner Fantasie gerade gefällt, und daher beult sich der Bereich unter meinem Gürtel aus.

Im Moment stellt das ein größeres Problem dar als meine Mutter, die nach siebzehn Jahren aufgetaucht ist.

2

Hörst du mir zu?

Vielleicht ist es, weil ich die einzige Person bin, die den Comic von Jun-Ho nicht gesehen hat, jedenfalls ist Yun-Ha ausschließlich zu mir freundlich. Den anderen wirft sie ein kaltes »Aus dem Weg!« an den Kopf, mich aber fragt sie: »Darf ich bitte kurz vorbei?« Es gibt Tage, an denen »Aus dem Weg!« alles ist, was sie zu den Jungs sagt. Ich glaube, dass es auch Tage gibt, an denen sie mit den Mädchen kein Wort wechselt.

Dung-Ju hat Jun-Ho einige Male ins Lehrerzimmer zitiert und jetzt besteht sein Leben in der Schule ausschließlich aus Lernen. Und der männliche Hauptdarsteller des Comics, Hyeok-Ju ... Er wandelt weiter auf dem Pfad des Spastis: »Was auch immer die ganze Aufregung soll, Yun-Ha gehört jetzt jedenfalls mir. Aber wisst ihr, kluge Mädchen nerven doch ziemlich ...«

Warum hat Jun-Ho als männlichen Hauptdarsteller Hyeok-Ju gewählt?

Dung-Ju kommt herein. Im Klassenzimmer kehrt mit einem Schlag Stille ein. »Hey, ihr Schwachköpfe, schau sich mal einer an, wie hier gelernt wird! Winkt euch etwa auf einmal die Seoul Universität mit beiden Händen?«

Dung-Ju ist der einzige Lehrer, der seine Schüler auf den Arm nimmt, weil sie lernen.

»Das FL ist für heute beendet. Es gab hier an der Schule einen Zwischenfall, aber das braucht euch nicht weiter zu interessieren. Geht schnell nach Hause. Feierabend!«

Die Schüler jubeln und verlassen den Raum. Auch ich gehe eilig, aus Angst, von Dung-Ju festgehalten zu werden. Yun-Ha flitzt an mir vorbei, bleibt dann aber abrupt stehen.

Ich weiche ihr aus und renne über den Flur. Yun-Ha kommt daraufhin ganz dicht hinter mir hergerannt. Was macht sie denn? Das nervt! Ungefähr am Ende des Flurs gehe ich nur noch, damit sie mich überholen kann. Allerdings fängt sie jetzt auch an zu gehen. Warum bleibt sie in meiner Nähe? Sie stört!

»Wan-Duk! Wollen wir zu dir gehen und Instantnudeln essen? Wir sind doch heute früher fertig geworden«, fragt Hyeok-Ju.

»Heute kommt mein Vater zurück.«

»Und?«

»Er muss sich ausruhen.«

»Dann gehe ich eben in den 24-Stunden-Laden und esse dort etwas.«

Dieser Spasti plappert unbekümmert Sachen vor sich hin, die man eigentlich nur unter guten Freunden redet. Wenn man ihn so hört, könnte man meinen, dass er schon oft bei mir Instantnudeln gegessen hätte, dabei ist das noch nie vorgekommen. Er quatscht wohl einfach, weil Dung-Ju andauernd erzählt, dass ich neben der Schule wohne. Als ob ich jedermanns Nachbar wäre. Warum musste er ausgerechnet in mein Wohnviertel ziehen ...

Während ich mich mit Hyeok-Ju unterhalte, geht Yun-Ha an uns vorbei.

Mein Vater bestand darauf, in Seoul zu wohnen, auch wenn es am Stadtrand sein sollte. Er glaubt nämlich, dass man eine Schule in Seoul besuchen müsse, um auf eine einigermaßen gute Uni gehen zu können. Ich wurde einer Schule zugewiesen, die etwas weiter auswärts liegt und nur meine zweite Wahl war, und gleich darauf zogen wir in die Nähe der Schule. *In die Nähe*, wenn man es wohlwollend beschreiben will. In Wirklichkeit ist es eine kleine Einzimmerwohnung auf dem Dach eines Mehrfamilienhauses. Von der Schule aus muss ich mit dem Bus drei Stationen einen Bach entlangfahren und dann eine steile Gasse bis ans Ende hochlaufen.

Außerdem ist es das Viertel, in dem Dung-Ju wohnt, und der vereitelt meine Lebensphilosophie: »Bloß nicht auffallen«. Wer hätte gedacht, dass der unbeholfene, aber beharrliche Wille meines Vaters, alles für die Erziehung seines Sohnes zu geben, mein Leben dermaßen durcheinanderbringen würde?

Ich gehe den Bach entlang und die Busse rasen an mir vorbei. Wenn es keinen besonderen Anlass gibt, fahre ich nicht mit dem Bus. Aber erst heute schaue ich mich im Viertel etwas genauer um. Die Karaoke-Bar *Lied Total*, die Zahnarztpraxis *Schöne Zähne*, die Bäckerei *Juh*, das *Café Cookie* und das Kickbox-Sportstudio ohne K, also *ickbox*.

»Äh, Wan-Duk.«

Eine sanfte Stimme. Es ist Yun-Ha. Was ist denn heute los mit ihr?

»Wan-Duk!«

Mit ein wenig gesenktem Kopf drehe ich mich um.

»Was ist?«

»Ich möchte dir was sagen.«

»Dann sag.«

»Es wäre gut, wenn wir dafür irgendwohin ...«

»Wohin?«

»Ich ... ich wohne nicht hier, deshalb ...«

Ich weiß auch nicht wirklich, was es hier alles gibt, obwohl ich hier wohne. Aber noch nicht lange und ich bin stets nur die Strecke am Bach zwischen zu Hause und der Schule entlanggelaufen.

Wo sollen wir also hin? Etwas weiter weg von hier gibt es einen Laden, in dem man sich in Einzelzimmern Filme anschauen kann. Aber weil mir immer wieder der Comic einfällt, den ich nicht einmal gesehen habe, geht das nicht. Und weil sie eine Streberin ist, würde sie sich auch nicht in ein Café setzen.

»Komm mit!«

Ich bin zwar hierhergekommen, aber nicht weil ich das wollte. Ganz sicher nicht. Ich kenne sonst schlichtweg keinen Ort, an den ich gehen könnte, und hier ist niemand. Außerdem gibt es keinen Ort, der um diese Zeit offen ist. Einzig deswegen bin ich hier.

»Du gehst also zur Kirche.«

»…«

Ich gehe in diese Kirche, seit Dung-Ju mein Klassenlehrer ist, so viel ist richtig. Kann ich aber wirklich behaupten, dass ich zur Kirche gehe? Ich habe nicht einmal eine Bibel oder ein Buch mit Kirchenliedern.

»Diese Kirche ist klein und hübsch.«

Ja, klein und hübsch. Der Gott hier ist nicht allmächtig, und genau das ist das Problem.

»Was wolltest du mir sagen?«

»Du hast gleich zu Beginn des Schuljahrs eine Schlägerei gehabt, und da habe ich gedacht, dass du aus dem Gangstermilieu bist.«

»Ich *bin* aus dem Gangstermilieu.«

»Ich meine ein richtiger Gangster, ein wirklich richtiger.«

»Was geht dich das an, ob ich ein richtiger oder ein wirklich richtiger Gangster bin?«

»Na ja, Gangster sind cool, viel cooler als die anderen.«

»Wann rückst du endlich mit dem raus, was du sagen willst?«

»Warum bist du immer alleine?«

»Was?«

»Du isst alleine und kommst und gehst immer alleine. Ich wäre total genervt, wenn mich Herr Lee immer rufen würde, aber du scheinst dich nicht darum zu kümmern, wenn er ›Wan-Duk, Wan-Duk‹ schreit.«

Und wie ich von Dung-Ju genervt bin! Aber das bekommt sie anscheinend überhaupt nicht mit. Wie auch immer, was will sie damit sagen? Oh, das Jesus-Bild wurde ausgewechselt. Auf diesem Bild ist sein Gesicht viel größer. Er sieht recht gut aus, wenn ich ihn mir jetzt so ansehe.

»Hörst du mir zu?«

»Wie bitte? Ja, ich höre dir zu.«

»Jedenfalls denke ich, dass du anders bist als diejenigen, die aus jeder Mücke einen Elefanten machen.«

»Und weiter?«

»Du tauchst ganz unauffällig in der Klasse auf und verschwindest genauso unauffällig wieder. Daher dachte ich, dass du auch unauffällig vergessen könntest, was ich dir erzähle ...«

Was will sie denn? Was soll so unauffällig an mir sein? Mann, ist die anstrengend.

»Es ist egal, ob du den Comic gesehen hast oder nicht. Ich dachte, du würdest einfach ...«

»Hab ich nicht.«

»Das ist egal. Ich brauche jemanden, dem ich etwas erzählen kann und bei dem das, was ich ihm erzähle, zum einen Ohr reingeht und zum anderen wieder raus. Ich habe also das Bedürfnis, zu erzählen, aber der Zuhörer muss sich nicht alles behalten, was er hört.«

»Über den Comic?«

Dann irrt sich Yun-Ha aber gewaltig in mir. Ehrlich gesagt, bin ich kurz davor, wahnsinnig zu werden, so neugierig bin ich auf den Comic. Selbst wenn man mir drohen würde, mich umzulegen, ich würde nichts von dem vergessen, was ich über ihn hören würde. Oh nein, gerade hatte ich es geschafft, mir nicht mehr vorzustellen, was im Comic zu sehen ist, und sie bringt mich wieder dazu. Verdammt, was soll denn so was in einer heiligen Kirche?

»Nicht über den Comic, sondern über Jun-Ho. Ich wusste nicht, dass er sich auf so eklige Weise an mir rächen würde.«

»Warum sollte er sich an dir rächen?«

»Jun-Ho und ich ...« Yun-Ha senkt den Kopf.

»Die Beste und der Zweitbeste aus unserer Klasse waren ein Paar. Und du hast Schluss gemacht.«

Yun-Ha reißt erschrocken den Kopf hoch und schaut mich an: »Hast du das gewusst?«

»Nein.«

Den ersten Teil zu hören und den Rest zu erraten, das ist ein Talent von mir, das mir sonst von keinem Nutzen ist.

»Ich glaube, Jun-Ho ist krank – sexuelle Perversion oder so was.«

Sexuelle Perversion? Ich starre Yun-Ha an.

»Weißt du, was ich meine? Sind alle Jungs so?«

In der Regel. Scheint so, dass ich die gleiche Krankheit wie Jun-Ho habe. Das ist wirklich eigenartig, denn es war für mich nichts Besonderes, wenn sich die Frauen im Tanzlokal umzogen und ich sie dabei einfach so nackt sah. Auch jetzt, wenn ich an diese Frauen zurückdenke, ändert sich nichts. Aber wenn ich Yun-Ha sehe, die die Knöpfe ihrer Schuluniform bis zum Hals geschlossen hat, stelle ich mir komische Dinge vor. Ich würde die Knöpfe am liebsten ... einfach aufreißen.

»Ich habe ihn schon mal erwischt, wie er solche Comics gezeichnet hat. Offen gesagt, habe ich von da an das Interesse an ihm verloren.«

Das ist doch nichts, weswegen sie sich so anstellen muss.

»Ich möchte, dass jemand Jun-Ho umbringt.«

Noch eine Person, die zukünftig in diese Kirche kommen wird. Lieber Gott, du hast viel zu tun. Trotzdem hat mein Gebet Vorrang, vergiss das nicht. Yun-Ha weint. Sie putzt ihre Nase mit einem Stofftaschentuch, faltet es zusammen und trocknet dann ihre Tränen damit. Danach steckt sie es in ihre Tasche zurück. Sie hat offenbar nicht vor, das Taschentuch wegzuwerfen, sondern es wieder zu verwenden. Sie hat von Hygiene wohl noch nicht viel gehört. Das hätte ich nicht gedacht.

»So, jetzt fühle ich mich befreit. Danke.«

Ist alles, was sie mir sagen wollte, dass Jun-Ho sterben soll? Wenn es um so etwas geht, dann soll sie das dem Jesus erzählen, der da vorne mit einer erbarmungslos ins Fleisch schneidenden Dornenkrone rumhängt. Wie auch immer, auch ich zeichne ab und zu solche Comics. Ich muss also aufpassen, dass ich dabei niemals von ihr erwischt werde. Wer weiß, vielleicht kommt sie auch sonst alleine hierher und betet, dass Gott mich umbringt. Wen würde Gott zuerst umbringen, wenn Yun-Ha ihn darum bitten würde – mich oder Dung-Ju? Ich kriege langsam Kopfschmerzen.

»Mit dir fühle ich mich sehr wohl. Wäre es möglich, dass du mal wieder Zeit für mich findest?«

»Wir gehen.«

Jun-Ho, der einen verrückten Comic zeichnet, nachdem er von seiner Freundin verlassen wurde, und Yun-Ha, die einer völlig unbeteiligten Person erzählt, dass sie sich den Tod ihres Ex-Freundes wünscht – sie sind alle gleich. Diese nervigen Streber.

Ich stehe auf.

»Heute sind sogar zwei Schwestern gekommen.« Der Mann aus Ostasien. Mit seinem dürftigen Koreanisch spricht er mich jedes Mal an, wenn ich hier bin. Lernen Sie bitte richtiges Koreanisch, guter Mann. Bei dieser Konstellation sagt man nicht Schwestern, sondern Geschwister. Jedenfalls kann ich ihn nicht einfach ignorieren, wo er mich schon angesprochen hat, von daher nicke ich ihm kurz zu, bevor wir die Kirche verlassen.

Ich gehe den Bach hinauf, Yun-Ha geht ihn hinunter.

Pumps mit Schleifen

»Wan-Duk!«

Dung-Ju ruft mich und hält eine Schachtel voller Instantnudeln in den Händen.

»Wenn du nach Hause gehst, dann siehst du auf der abfallenden Straße eine Kirche, ja? Bring das dorthin. Geh nicht in die Kirche rein, sondern hinten herum, da findest du einen Eingang mit dem Schild *Nanuri Obdach*. Dahin bringst du das. Und nimm auch etwas davon für dich mit, schließlich bist du genauso Sozialhilfeempfänger.«

»Bin ich etwa der einzige Sozialhilfeempfänger auf der Welt? Wieso immer ich?«

Die Schüler, die gerade an uns vorbeilaufen, blicken uns kurz an.

»Von denen, die neben mir wohnen, bist du der einzige, Schwachkopf! Wieso hast du immer so viel zu meckern?«

Ich nehme die Kiste entgegen.

»Ach, deine Mutter ist heute auch da.«

Die Kiste Instantnudeln ist also ein Vorwand. Wenn er aber gewollt hätte, dass meine Mutter und ich uns wie in einem Film begegnen, hätte er mir nichts von ihr sagen dürfen. »Oh, Wan-Duk, mein Junge!«, ruft sie und weint, und ich sage »Mutter!« und bin dabei ziemlich gerührt. So ungefähr. Möchte jetzt Dung-Ju, dass ich zu ihr gehe, oder doch nicht? Will er etwa, dass ich hingehe und frage: »Wo ist meine geliebte Mutter?« Von wegen. Ich werde auf keinen Fall hingehen!

Durch das kleine Fenster neben dem Schild, auf dem *Nanuri Obdach* steht, fällt Licht. Es besteht kein Zweifel, dass Dung-

Ju an die Decke gehen würde, wenn ich einfach nach Hause ginge, ohne meinen Auftrag erledigt zu haben. Ich gehe auf Zehenspitzen, um nicht gehört zu werden. Ich habe vor, die Kiste vor der Tür abzustellen und wieder zu gehen.

»Schwester.«

Mein Gott! Warum er immer aus dem Nichts auftauchen muss, ist mir wirklich ein Rätsel.

»Ich wurde schon von Herrn Lee Dong-Ju informiert.«

»Worüber?«

»Dass Sie kommen.«

»Woher kommen Sie eigentlich?«

»Ich bin Ali Hassan und komme aus Indonesien.«

»Und auch in Ihrem Land glaubt man an Gott?«

»Meine Frau glaubt an ihn«, sagt Hassan lächelnd.

»Warum sagen Sie immer Schwester zu mir?«

»In der Kirche sagen das doch alle, oder nicht?«, fragt Hassan zurück.

Ich weiß es nicht, weil ich nie in einer Kirche war, außer in dieser, und das auch nur wegen Dung-Ju. Meine Güte, ist es wahr, dass sich in der Kirche alle mit Schwester ansprechen?

»Hier, nehmen Sie das«, sage ich und reiche ihm die Kiste mit den Instantnudeln.

»Vielen Dank. Danke schön!«

In diesem Moment kommt eine Frau aus dem Obdach. Mir ist, als würde mein Herz stehen bleiben. Vom Äußeren her kann ich ihr Alter nicht einschätzen. Sie scheint jung zu sein, aber auch alt.

»Das ist meine Frau.«

Ich verschwinde schnell.

Mein Herz rast immer noch. Was ist denn eine Mutter, dass sie mein Herz so zum Trommeln bringen kann? Warum bin ich auf einmal neugierig auf meine Mutter? Sie hat mich bisher nie interessiert! Warum sie nicht zurück in ihr Land ist, wenn sie vor meinem Vater geflohen ist, nachdem sie gemerkt hatte, dass sie auf einen Heiratsschwindel hereingefallen war? Es fällt mir schwer, das Wort »Mutter« auszusprechen ...

Vor unserer Wohnung steht jemand. Die Frau, die meine Mutter sein soll. Ganz sicher. Ich habe sie noch nie gesehen, aber mein Herz sagt es mir. Es fängt wieder an zu rasen. Dung-Ju, dieser ...!

»Wie geht's Ihnen?«

»Ich wollte ... Instantnudeln machen.«

Ich hole meinen Schlüssel aus der Schultasche und schließe die Tür auf. Dann werfe ich meine Tasche ins Zimmer und gebe Wasser in einen Topf.

Tick, tick, tick. Ich muss den Schalter drei Mal drehen, bis die Gasflamme angeht.

»Ich bin sehr dankbar, dass Sie gesund sind«, sagt die Frau und bleibt draußen stehen.

»Möchten Sie etwas Nudeln?«

»...«

Ich gieße eine Tasse Wassser in einen Topf. Ich kann sie nicht direkt ansehen.

»Ihr Vater ist ...«

»Ich habe kein Ei.«

Ich reiße die Tüte mit den Instantnudeln auf. Ich weiß nicht, was ich sonst machen soll.

»Ich ... wollte ... nur einmal ...«

»Ich bringe die Nudeln, wenn sie fertig sind. Sie können im Zimmer warten.«

Sie zögert ein bisschen, zieht die Schuhe aus und geht ins Zimmer. Es sind altmodische alte Pumps, an denen haufenweise Schleifchen in hellem Rosa hängen.

Die Instantnudeln sind fertig und ich bringe sie ins Zimmer. Zum ersten Mal in meinem Leben in zwei Schüsseln und nicht im Topf.

Sie gibt mir etwas Nudeln aus ihrer Schüssel. Gut, ich habe nämlich Hunger.

»Haben Sie keine Beilage, nicht einmal Kimchi?«

»Keins mehr da.«

»Essen Sie jeden Tag so?«

»Fast.«

»Zu viel Instantnudeln sollen nicht gut sein ...«

»Sie können gut Koreanisch.«

»Ich bin seit Langem in Korea.«

»Wir sollten essen. Sonst quellen die Nudeln.«

Obwohl ich nicht weiß, was ich mit meiner Mutter noch unternehmen könnte, bin ich viel zu schnell mit dem Essen fertig. Sie sitzt auf ihren Knien, als ob sie gerade bestraft würde.

Es ist spät am Abend, dennoch höre ich aus der Gasse Mädchen lachen. Das Lachen hält lange an und verstummt dann.

»Sie müssen morgen wieder zur Schule.«

»Ich gehe jetzt auch ins Bett.«

Sie holt einen weißen Briefumschlag aus ihrer formlosen, ausdehnbaren Stofftasche.

»Das ...«

»So etwas brauche ich nicht.«

Kaufen Sie sich besser ein Paar neue Schuhe, wenn Sie Geld haben, das Sie mir geben wollen. Heutzutage ziehen nicht mal mehr Kinder solche Schuhe an.

»Weil ich in Worten nicht gut ... weil es mir unglaublich leidtut ...«

»Das brauche ich nicht. Stecken Sie das wieder ein.«

Sie legt den Umschlag schließlich auf den Boden und verlässt die Wohnung.

Ob sie zur Kirche geht? Mir kommt es vor, als würde es im Zimmer eigenartig riechen. Ich kann nicht sagen, was für ein Geruch es ist. Jedenfalls riecht es anders, wenn ich alleine bin. Ist das der Geruch einer Mutter? Die Schüssel, aus der sie ihre Nudeln gegessen hat, sieht anders aus als früher. Ich öffne den Umschlag, den sie hinterlassen hat. Ich dachte, dass Geld drin wäre, aber es ist ein Brief.

Es tut mir leid.
Ich habe Sie nicht vergessen. Ich habe Sie sehr vermisst.
Ich bin ein schlechter Mensch. Es tut mir unglaublich leid.
Rufen Sie mich bitte an, wenn Sie können.
Sie müssen mich aber nicht anrufen.
Es tut mir leid, dass ich nicht bei Ihnen war.

Ihre Telefonnummer steht ebenfalls da. Wörter wie »Sohn« oder »Mutter« sind aber nicht zu finden. Vielleicht aus dem gleichen Grund, warum ich statt »Mutter« das Wort »Sie« benutze. Weil sie nie da war und ich sie nie mit »Mutter« angeredet habe. Es gibt allerdings einen Unterschied zwischen ihr und mir. Dass sie mich vermisst hat. Na ja, sie hat schließlich gewusst, dass es mich gibt. Ich stecke den Brief wieder in den Umschlag und werfe ihn auf den Boden. Was für eine Enttäuschung dieses Treffen zwischen Mutter und Sohn gewesen ist! Hätte man nicht erwarten können, dass sie oder ich zumindest eine Träne vergießt? Zwischen ihr und mir gibt es zwar keine demilitarisierte Zone. Aber ist es nicht dennoch wie bei einem Wiedersehen von Familienmitgliedern, die in Nord- und Südkorea leben? Wie lächerlich ist das denn, dass ich mit einer Frau, die meine Mutter ist und die nach siebzehn Jahren wieder auftaucht, Instantnudeln esse und mich danach wieder von ihr verabschiede. Eine Mutter zu haben, ist doch nichts Besonderes.

Wie dem auch sei, Dung-Ju, du kannst was erleben!

»Eine Vietnamesin ist sie, wie ich erfahren habe.«

Vater ist gerade dabei, seine glitzernde Kleidung aus der Tasche zu holen. Seine Hände verharren in der Bewegung.

»Sie war da.«

»Geht's ihr gut?« Vater sucht eine Krawatte aus, die zu seiner Kleidung passt.

»Sie ist vor Kurzem gegangen.«

»…«

»Sie hat mir ihre Telefonnummer dagelassen.«

»Bring die mal später zur Reinigung.«

Vater wickelt die getragene Kleidung zusammen und legt sie vor die Zimmertür.

»Gibt es auf dem Markt überhaupt Platz zum Tanzen?«

»Wir tanzen vor dem Stand. Es kommen ziemlich viele Leute, weil Min-Gu gut tanzt.«

»A-a-auch die Bettler ta-ta-tanzen gut. De-de-den Bettlertanz.«

Onkel Min-Gu schmunzelt.

»Gemessen an den Verhältnissen in ihrem Land hat sie eine gute Ausbildung erhalten«, erklärt Vater.

»Haben die Bettler von dir tanzen gelernt?«, frage ich.

Mein Onkel nickt ernsthaft.

»Ihr habt euch nicht einmal scheiden lassen«, sage ich.

»Ich habe sie nicht aufhalten können.«

»Warum?«

»Sie hatte kein Verständnis dafür, dass ich in einem Tanzlokal arbeitete.«

»Ist das alles? Darf man sie wegen sowas gehen lassen?«

»Ich konnte es nicht mehr ertragen, dass die Leute, mit denen ich eine Unterkunft teilte, sie wie eine Dienerin behandelten. Sie haben sie nicht als meine Frau gesehen, sondern als jemanden, der für sie die Drecksarbeit erledigt. Ich habe sie gehen sehen, konnte sie aber nicht aufhalten.«

»Ich gehe mal zur Reinigung.«

»Es hat Zeit.«

Ich fühle mich befreit. Es waren Worte, die irgendwann gesagt und gehört werden mussten.

Dung-Ju ist zurück! Er geht hastig in seine Wohnung, eine Bibel unter dem Arm.

Ich renne sofort rüber zu seiner Dachwohnung.

»Machen Sie auf!«

»Das geht nicht, Schwachkopf!«

»Scheiße, machen Sie die Tür auf, los!« Ich rüttle am Türknauf.

»Was für eine unglaubliche Frechheit! Wie kannst du nur zu deinem Lehrer ›Scheiße‹ sagen? Scheißkerl!«

»Wieso haben Sie ihr das gesagt?«

»Ich habe ihr nichts gesagt.«

»Wie hat sie dann gewusst, wo ich wohne, und warum ist sie vorbeigekommen?«

»Woher soll ich das wissen? Schwachkopf, ich habe ihr nur gesagt, wo ich wohne!«

»Warum haben Sie ihr dann gesagt, wo Sie wohnen?«

»Weil sie mich gefragt hat, wo du wohnst!«

»Sehen Sie! Sie haben es ihr gesagt!«Ich trete aufgebracht gegen die Tür, die wie unsere aus Stahl und Aluminium besteht.

»Ich habe ihr nur gesagt, dass du neben mir wohnst! Habe ich etwa sonst keine Nachbarn?«

»Dieses Arschgesicht Wan-Duk! Du bekommst auch noch am Sonntag deine Anfälle? Schnauze!« Das ist die Stimme des Mannes von gegenüber. Ich habe lange nichts mehr von ihm gehört.

»Hey, Wan-Duks Mutter ist heute zu Besuch gekommen! Kapiert?«, schreit Dung-Ju, nachdem er innerhalb von einer Sekunde die Tür aufgemacht hat. Dann schließt er die Tür genauso schnell wieder.

Ich habe keinen Schimmer, warum er in der Schule, in unserem Viertel, einfach überall Sachen über mich rumerzählt, als sei er der Berichterstatter der *Wan-Duk Times*.

»Herr Lee.«

»Was?«

»Danke.«

»Verschwinde, Schwachkopf!«

Ich lasse den Türgriff, den ich bisher festgehalten habe, los und verlasse das Dach.

Direkt neben mir hat Hyeok-Ju angeberisch Gimbab, in Scheiben geschnittene gefüllte Reisröllchen in Seetangblättern, auf dem Tisch ausgebreitet und isst. Der Kunstlehrer scheint sich auch nicht darum zu kümmern. Sogar ich kann hören, wie er auf dem Rettich im Gimbab herumkaut. Als er eine Limonade aus seiner Schultasche holt, treffen sich unsere Blicke.

»Magst du?«, formt er die Lippen zu einer Frage.

»Friss alleine«, antworte ich, genauso nur die Lippen dazu formend.

Hyeok-Ju zeigt mir den Mittelfinger.

»Arsch...«

»Hey, du da ganz hinten!«

Ich bin noch nicht mal fertig mit Schimpfen und schon werde ich vom Kunstlehrer aufgerufen. Gleichzeitig trifft mein Blick wieder den Hyeok-Jus. Als er mich sieht, macht er mit einer Hand eine Schießbewegung. Seine Handpistole ist auf mich gerichtet. Er hat auf mich geschossen, aber stattdessen greift er sich selbst an die Brust, als wäre er getroffen. Dieser Spasti.

»Du, ja, dich meine ich.«

Ich schaue wieder zum Kunstlehrer.

»Erzähl mal, was dir einfällt, wenn du dir dieses Bild ansiehst.«

Der Kunstlehrer weist auf das Bild aus dem Video. Unterhalb des Bildes, das auf dem Bildschirm zu sehen ist, steht »Millet – Die Ährenleserinnen« geschrieben. Ein Bild, das ich schon häufiger irgendwo gesehen habe.

»›Was guckst du mich so blöd an?‹, scheint das Bild zu fragen.«

»Wie bitte?«

»Ich meine, die Tante, die etwas krumm dasteht. Sie fragt, ›Was guckst du mich so blöd an?‹«

Die Tische in unserer Klasse verwandeln sich alle gleichzeitig in Schlagzeuge. Wenn sie lachen wollen, können sie auch einfach so lachen. Dieser Lärm macht mich noch wahnsinnig.

»Wie heißt du?«

»Do Wan-Duk.«

»Weißt du etwas über Millet?«

»Nein.«

»Damals haben die Bauern unter ihrer schweren Arbeit gelitten und heute ist das auch nicht sehr anders. Jean-François Millet ist ein Maler, dem es gelungen ist, diesen Zustand ehrlich und liebevoll auf der Leinwand zu veranschaulichen. Er wollte den Wert der Arbeit zeigen. Aber wenn man aus der Sicht der Leute, die so hart arbeiten, dass sie nicht einmal für ein paar Sekunden alle viere von sich strecken können, Millet betrachtet, der ganz gemütlich seine Bilder gemalt hat, dann kann es durchaus sein, dass sie fragen: ›Was guckst du mich so blöd an?‹ Millet ist ein hervorragender Maler, denn du hast aus einem einzigen Bild den schweren Alltag der Bauern herausgelesen. Meinst du nicht?«

Der Kunstlehrer lächelt kurz. Es sieht aber nicht so aus, als wäre er gut gelaunt und lächele deswegen.

Was meint er überhaupt mit der Sicht der Leute und dem Wert der Arbeit? Man muss sich das Bild nur genauer anschauen. Die Tante, die krumm dasteht und die Anführerin der drei Frauen auf dem Bild zu sein scheint, hat bestimmt viel Erfahrung mit Schlägereien. In der einen Hand hält sie locker etwas Stroh, die Finger der anderen Hand hat sie alle vollständig ausgestreckt, um die Knochen in ihrer Hand zu lockern, kurz davor, eine Faust zu ballen. Ihr tiefer Stand, aus dem ein seitlicher Angriff möglich ist, ohne dem Gegner den Rücken und die Brust zu offenbaren, ist ziemlich professionell. Die anderen zwei Frauen sind auch nicht schlecht. Sie verstecken hinter dem Rücken Strohhalme. Man sieht, dass sie vorhaben, diese wenn nötig dem Gegner entgegenzuwerfen und damit deren Sicht zu behindern und gleich danach einen Angriff zu starten. Die Faust der Frau neben der Anführerin ist sehr groß. Es könnte sein, dass sie darin einen Stein versteckt hält. Hinterhältig? Dann ist man halt hinterhältig. Bei einer Schlägerei kommt es zuallererst darauf an, zu gewinnen, egal wie.

Yun-Ha schaut zu mir und lächelt. Sie sieht etwas schwachsinnig dabei aus.

Ein schmaler Grat

Im *Nanuri Obdach* bei der Kirche brennt auch zu später Stunde immer Licht. Ob ich mal wieder in die Kirche soll? Ich bin schon eine ganze Weile lang nicht mehr dagewesen. Eigentlich gibt es keinen Anlass dafür, da ich die Sache mit dem Umbringen für's Erste aufgeschoben habe. Das heißt nicht, dass ich Dung-Ju plötzlich lieb gewonnen habe, ich habe es wirklich nur aufgeschoben. Gott sollte jederzeit einsatzbereit sein, um meinen Auftrag in die Tat umzusetzen – aber was soll man machen, er scheint ziemlich faul zu sein. Wenn ich völlig überzeugt bin, dass aus der Sache nichts wird, kann ich es ja wirklich mal in einem buddhistischen Tempel versuchen. Wie auch immer, warum hat sie bloß ihre Telefonnummer dagelassen…?

»Schwester, in letzter Zeit sind Sie nicht gekommen«, meint Hassan, der in Richtung Kirche geht. Als er vor mir steht, sehe ich, dass die Haut unter seinem linken Auge aufgeplatzt ist. Er hat bestimmt einen heftigen Schlag abbekommen.

»Wer war das?«

»Der, gegen den ich gekämpft habe.«

»Wo ist er?«

»Ich nehme an, nach Hause gegangen.«

Zweifellos hat ihn jemand verprügelt, weil er aus Südostasien stammt. Es ist zum Kotzen. Solche Schweine.

»Wissen Sie, wo er wohnt?«

»Nein.«

»Sie sollten nicht alleine unterwegs sein.«

»Soll ich dann bei einem Einzelkampf jemanden in den Ring mitnehmen?«

»Wie bitte?«

»Ein Kickbox-Wettbewerb. Ich hätte es bis in die zweite Runde schaffen können, aber schon in der ersten hatte ich einen sehr starken Gegner.«

Kickboxen? Was ist das denn für einer? Der sieht doch so harmlos aus!

»Statt unnötig an Orte zu gehen, wo Sie nur verprügelt werden, gehen Sie lieber eifrig zur Kirche.«

»Ich habe doch gesagt, ich wurde nicht verprügelt, sondern mein Gegner war zu stark.«

»Was soll das mit Stärke zu tun haben? Beim Kickboxen darf man beide Hände und Füße benutzen. Das bedeutet, dass man den anderen einfach plattmacht und fertig.«

Er lacht. »Wollen Sie dann mal gegen mich antreten?«

Und so werde ich Mitglied des alten Kickbox-Studios, auf dessen Schild *ickboxen* steht.

Dung-Ju sagt, dass ich eine hervorragende Wahl getroffen habe, und zeigt sein Verständnis, indem er mich vom FL befreit. Wie er sich zurzeit verhält, ist gar nicht so übel. Es ist mein Vater, der unerwartet reagiert.

»Glaubst du, dass wir für deine Schlägereien nach Seoul gezogen sind?«

»Das ist keine Schlägerei, sondern Sport.«

»Ich weiß, was du damit meinst. Ich halte meinen Tanz für Kunst, aber die anderen sagen, dass ich ein minderwertiger Tänzer sei. So ist die Welt eben.«

»Was immer die Leute dir auch gesagt haben, du hast weitergetanzt.«

»Ich habe mich bemüht, so sehr ich konnte, aber ich wurde von der Welt nie akzeptiert. Das Tanzen war dennoch das einzige Mittel, das es mir zumindest ermöglicht hat, Menschen um mich herum zu haben. Du bist vollkommen gesund, und obwohl es dir an nichts fehlt, suchst du Schlägereien ...«

»Es sieht aber nicht so aus, als hättest du wirklich viele Menschen um dich herum gehabt.«

Vater gibt mir eine Ohrfeige.

»Du hättest nicht getanzt, wenn du einen Körper wie meinen hättest.«

Noch eine Ohrfeige. Mit der habe ich gerechnet und bin trotzdem nicht ausgewichen.

»Ich glaube, je mehr du so getanzt hast, wie du getanzt hast, umso weniger hat die Welt dich akzeptiert.«

Drei Ohrfeigen folgen direkt hintereinander. Meine Wange brennt. An meiner Stelle weint Onkel Min-Gu.

»So getanzt, wie ich getanzt habe! Undankbarer Bengel.«

Vater reißt die Tür auf und geht aus der Wohnung.

Kurz danach höre ich, wie der Tico abfährt.

Der Schriftsteller, der am Schreibtisch sitzt. Das ist nicht mein Traum, sondern der meines Vaters. Aber bekanntermaßen weiß ich nicht einmal, wie man das R von Roman schreibt. Hin und wieder gibt es Tage, an denen mir die Wörter, die ich jeden Tag lese, sehr fremd vorkommen. Es tut mir leid, Vater. Aber an dem Schriftsteller, der nicht in mir steckt, habe ich kein Interesse.

»Stopp, stopp! Halt!«

Der Trainer unterbricht den Kampf.

»Du hast einen beneidenswerten Körperbau. Hast du wirklich nie irgendeinen Sport gemacht?«

»Nein.«

»Kein Wunder, dass du absolut keinen Respekt vor deinem Gegner hast.«

»...«

»Sport ist nicht das Gleiche wie eine Schlägerei. Zwischen den beiden liegt nur ein schmaler Grat, aber wenn du diesen Grat nicht verstehst, dann bist du bloß ein Schlägertyp. Kapiert? Mann, ich habe mir eben fast in die Hose gemacht. Willst du mich umbringen?«

Hassan, der als Strafe dafür, dass er mich hierhergebracht hat, als mein Gegner antreten musste, schüttelt den Kopf.

»Hassan, wieso hast du einen angehenden Gangster angeschleppt?«

Hassan lächelt lediglich vor sich hin. Ich hätte ihn k.o. geschlagen, wenn ich bloß ein bisschen mehr Zeit gehabt hätte. Schade.

Einige Monate lang muss ich Basistechniken lernen. Angefangen mit der Grundstellung, bei der ich das Gefühl habe, mir würden die Waden platzen, übe ich wie ein Wahnsinniger die Abwehr mit den Ellbogen, den Sternschritt, die Gerade und das Blocken. Ich dachte, dass man beim Kickboxen einfach auf seinen Gegner einschlägt und wieder einschlägt, aber es ist ein Sport, der viele Regeln hat und bei dem man stets wachsam sein muss. Dem Rat des Trainers folgend, dass man siege, indem man einen Schlag gut aufnehme, musste ich auch üben, wie man Schläge einsteckt. Ein Sport, bei dem man übt, wie man geschlagen wird … Das ist zwar nicht wirklich meins, aber es ist ein Sport, bei dem sich das Lernen lohnen könnte.

Jun-Ho hat die Schule gewechselt. Nach jenem Zwischenfall haben sich die Jungs nicht weiter groß um die Sache gekümmert, bei den Mädchen war das aber anders. Sie haben hartnäckig über Jun-Hos Comic gesprochen und ihn gemobbt. Die Schüler, die seinen Comic gesehen haben, sagten, dass dieser gut gezeichnet sei. Ich habe schon sehr viele solcher Comics und Fotos gesehen. Überall, wo ich war, gab es sie. Ich habe sie nicht für bedenklich gehalten, weil Kellner und Bandmitglieder im Tanzlokal dabei stets »Fantastisch!« oder »Das ist Kunst!« gesagt haben. Für mich waren sie selbstverständlich nicht fantastisch und auch keine Kunst. Ich glaube jedenfalls, dass alle Jungen aus meiner Klasse solche Bilder schon mal gesehen haben. Es gibt Schüler, die solche Romane selbst schreiben und welche, die die Bilder malen. Bei denen stammen die Protagonisten einfach nicht aus meiner Klasse. Seit jenem Zwischenfall wurde ›der Eklige‹ zum ersten Vornamen Jun-Hos. Ob Jun-Ho aber wirklich eklig war? Idiot, warum hat er sich auch erwischen lassen! Wenn er später ein berühmter Comiczeichner werden sollte, werde ich einen Comic von ihm kaufen, statt ihn nur auszuleihen.

Nun wird Yun-Ha gemobbt. Beim Schulwechsel von Jun-Ho ging der Name »Der Eklige« nahtlos als »Die Eklige« an Yun-Ha über.

»Hast du gehört, dass sie es miteinander getrieben haben?«

»Sie hat so einige Sachen gemacht, sonst hätte Jun-Ho nicht solche Bilder gezeichnet.«

»Gute Noten zu haben, heißt nicht unbedingt, dass man auch ein braves Mädchen ist.«

Gerüchte verbreiten sich, dass Yun-Ha in einer Animierkneipe arbeite oder einen Sugardaddy habe. Es gibt jemanden, der das sogar glaubt. Es ist der Spasti Hyeok-Ju.

»Yun-Ha hat nur so getan, als ob sie unschuldig wäre. Ihr Handy und Nintendo DS waren immer das neuste Modell, sie scheint sich einen reichen Sponsor geangelt zu haben.«

Die Schülerinnen, die früher mit Yun-Ha zusammen rumhingen, bleiben jetzt fern von ihr. Weil sie wohl vermeiden wollen, in denselben Topf geworfen zu werden. Von daher habe ich sie jetzt am Hals. Wenn ich zum Training will, lässt sie sich nicht abwimmeln, folgt mir und sagt, sie habe mir etwas zu erzählen. Dann quatscht sie eine Weile vor sich hin und verschwindet. Auch heute wird es so ablaufen. Es war ein Fehler von mir gewesen, sie in die Kirche mitzunehmen.

»Ich wollte auch die Schule wechseln.«

»Ich hatte damit gerechnet.«

»Herr Lee hat mir davon abgeraten.«

»Dung-Ju?«

»Wieso nennst du ihn Dung-Ju und nicht Onkel?«

»Was?«

»Hyeok-Ju hat doch letztes Mal erzählt, dass er dein Onkel sei.«

»Ach so, das meinst du ... Damals hat Hyeok-Ju nur ...«

»Herr Lee hat auch selbst gesagt, dass du sein Neffe seist.«

Jetzt dreht Dung-Ju völlig durch.

»Er hat gesagt, dass ich die Schule nicht wechseln solle. Er meint, dass ich nichts erklären müsse und nur still durchhalten solle, dann würden sich die Missverständnisse schon aufklären, wenn es wirklich welche seien. Wenn ich aber jetzt die Schule wechseln würde, blieben die Missverständnisse bestehen und die Leute hier würden sich an mich bis ans Ende ihres Lebens als *so* ein Mädchen erinnern.«

»Sag den Leuten doch einfach, wie es wirklich war.«

»Wie soll ich den Leuten beweisen, dass nicht stimmt, was nicht stimmt? Soll ich einen wildfremden Mann auf der Straße anhalten und ihn fragen: Sie haben kein Verhältnis mit mir, oder? Zu beweisen, was nicht stimmt, ist wesentlich schwieriger, als zu beweisen, was stimmt.«

»Kann sein.«

»Früher habe ich gelernt, um es auf die Uni zu schaffen. Heute lerne ich, um zu beweisen, dass ich nicht *so* ein Mädchen bin.«

»Dann mach weiter so.«

»Die Leute behaupten auch in den Nachhilfeschulen, dass ich früher so und so war. Was sie gesehen haben, ist lediglich der Comic, den Jun-Ho ohne nachzudenken gezeichnet hat. Es stimmt, dass er mein Freund war, und zu ›es stimmt‹ fügen die Leute die Sache mit dem Comic wie nebenbei hinzu. Wenn ich sage, dass das in dem Comic nicht stimme, dann fragen sie mich, ob es denn nicht stimme, dass Jun-Ho mein Freund gewesen sei, und dann sage ich, dass das schon stimme. Wenn ich das aber sage, dann heißt das gleichzeitig, dass ich auch den Rest bejahe. All das muss ich momentan über mich ergehen lassen.«

»Dann hör mit der Nachhilfeschule auf.«

»Hab ich schon.«

»Dann wirst du nicht mehr die Beste sein.«

»Ich werde lernen, bis ich tot umfalle, und immer die Beste sein. Je mehr ich gemobbt werde, desto härter werde ich lernen.«

»Ich bin etwas angewidert.«

»Warum?«

»Wegen dir.«

»Wieso?«

»Keine Ahnung.«

Yun-Ha weint wieder. Mit dem Stofftaschentuch trocknet sie ihre Tränen, putzt damit ihre Nase und trocknet dann wieder ihre Tränen. Immer mit dem gleichen Taschentuch. Je öfter ich sie beobachte, desto mehr denke ich, dass sie ein ziemlich unhygienisches Mädchen ist. Nimm lieber ein Papiertaschentuch! Wie auch immer, ich bete ungewollt. »Sorg bitte dafür, dass sie mich nicht mehr aufsucht und ich nicht mehr mit ihr hierherkommen muss. Ich bin von dieser düsteren Kirche nicht angetan, das weißt du doch. Außerdem mache ich zurzeit etwas Sport. Zum ersten Mal in meinem Leben mache ich etwas, was ich möchte. Aber dieses Mädchen bereitet mir Kopfschmerzen. Sorg bitte dafür, dass sie von mir fernbleibt. Aber nicht umbringen, dafür ist sie noch zu jung. Ich glaube an dich! Im Namen des heiligen und allmächtigen Herrn, Amen.«

»Ihr beide Schwestern, ihr kommt oft hierher.«

Es ist Hassan. Ob er Spaß daran hat, so aus dem Nichts aufzutauchen?

»Schwester Wan-Duk, gehen Sie heute nicht zum Training?«

»Ich gehe jetzt gleich, aber fragen Sie mal jemanden, ob es in der Kirche unter den Männern Schwestern gibt. Das geht mir langsam auf die Nerven.«

Wir verlassen die Kirche und ich gehe mit Yun-Ha den Bach entlang die Straße hinunter, um zum Training zu gehen.

»Ich fühle mich ausgeglichen, wenn ich mit dir rede.«

Ich werde noch wahnsinnig. Ich kann sie doch nicht einfach in den Bach werfen! Oder?

»Ich muss zum Training.«

»Ach, selbst am Wochenende machst du das.«

»Dann mach dich mal schnell auf den Weg nach Hause.«

Eilig betrete ich das Sportstudio.

Genau drei Monate sind vergangen, seit ich mit dem Kickboxen angefangen habe. Langsam habe ich die Technik des Bobbing and Weaving im Griff. Weil ich nicht darauf stehe, etwas abzubekommen, muss ich üben, Schlägen auszuweichen. Wenn es heißt, Schläge gut aufzunehmen sei auch eine Technik, kann es dann nicht sein, dass es die höchste Technik ist, Schlägen gut auszuweichen und erst gar nicht getroffen zu werden? Das denke ich jedenfalls. Hassan ist erstaunt, seiner

Meinung nach lerne ich sehr schnell. Aber der Trainer scheint mir nach wie vor nicht viel zuzutrauen. Daher nehme ich den Mund etwas voll und sage, dass ich gegen Hassan antreten möchte und ihn besiegen werde.

Allerdings … bereue ich das jetzt, verdammte Scheiße noch mal. Ich kann nicht mehr unterscheiden, ob es gerade seine Faust oder sein Fuß ist, die oder der mich trifft. Bobbing oder Weaving, wie das auch alles heißen mag, alle diese Verteidigungstechniken bringen nichts. Ich habe keine Sekunde, um mich an so etwas zu erinnern und dementsprechend reagieren zu können. Ich werde hilflos in die Ecke gedrängt und bin beschäftigt, meine Deckung aufrechtzuerhalten. Wenn ich endlich einen Jab versuche, dann fische ich nur in der Luft herum. Mich dagegen treffen hintereinander Hassans Middle Kick und High Kick. Meiner Meinung nach hat der Gesichtsschutz gar keine Funktion. Ich habe aber nicht wirklich Schmerzen, es ist lediglich heiß. Irgendetwas Heißes wirbelt durch meinen ganzen Körper, lässt mich nicht mehr atmen und trübt meine Sicht. Scheiße, ich bin doch niemand, der einen Kampf verliert. Ich sammle all meine Kräfte und stürze auf Hassan zu. Dann ziehe ich mit meinen Händen seinen Fuß weg. Er fällt augenblicklich wie ein Baum nach hinten zu Boden. Allerdings kommt er wie eine Sprungfeder gleich wieder hoch, drückt mit dem Unterarm gegen meinen Hals und überwältigt mich.

»Lass los!«

»Wow, beruhigen Sie sich!«

Hassan drückt mich innerhalb eines Augenblicks chancenlos zu Boden.

Erst jetzt erkenne ich, dass das gar keine Schlägerei ist, sondern ein Kampf.

»Es tut weh, lassen Sie mich los.«

»Wollen Sie den Kampf beenden?«

»Ja.«

»Hassan, lass ihn los. Wan-Duk, komm her.«

Mit Hassans Hilfe steige ich aus dem Ring.

»Steh gerade.«

Ich will geradestehen, aber mein Körper macht sich selbstständig und taumelt hin und her.

»Ich hab gesagt, dass du geradestehen sollst!«

Mühsam strecke ich meinen Bauch, in dem alle Innereien komplett durcheinandergeraten zu sein scheinen, nach vorne und stehe endlich annähernd gerade.

»Bei einer Schlägerei, wo man einmal zuschlägt und dann wegrennt, da kann der Schlägertyp vielleicht gewinnen. Wenn man jedoch im Ring so einen Quatsch abzieht, wird man sofort disqualifiziert. Kapiert? Steh gerade!«

Klatsch!

Aus heiterem Himmel schlägt mir der Trainer ins Gesicht.

»Das war ein Klaps, und jetzt ...«

Der Trainer zieht sich Boxhandschuhe an.

Puk! Puk!

Zwei Jabs, kurz geschnitten und stark. Der erste gegen die Brust, der zweite auf das Kinn. Mein Kopf dreht sich zur Seite.

»Das ist ein Jab!«

Pak!

Diesmal tritt er mich mit dem Fuß.

»Das ist jemanden zusammenschlagen!«

Pak!

Der Fuß des Trainers landet diesmal in meinem Bauch. Ich knie mich geradewegs nieder und setze mich auf den Boden.

»Und das ist eine Abkürzung! Kapiert? Ich habe keine Ahnung, warum du zu einem Schläger wirst, sobald du im Ring stehst. Hast du deine Mitgliedschaft bei einer Gangsterbande gekündigt und bist dann direkt hierhergekommen?«

Immer zwei Schläge auf die gleiche Stelle habe ich abbekommen. Wenn es darum geht, Schläge einzustecken, dann ist es doch dasselbe. Ob bei einer Schlägerei oder beim Sport, im Endeffekt ist es das Gleiche. Aber mein Trainer meint, dass es nicht dasselbe sei.

Darf ich also meinen Gegner schlagen und verletzen, wenn ich dabei sage: »Das ist Sport, also seien Sie nicht beleidigt«?

Ob ich Mitglied einer Gangsterbande war? Ja, das war ich. Damals habe ich nicht gewusst, dass die Männer, die im Tanzlokal arbeiteten und die ich »Onkel« nannte, Gangster waren, aber als ich älter war, ist mir das klar geworden.

Sie brachten mir Sachen bei wie: »Hey, hey, deine Fäuste dürfen nicht ruhen. Sonst erreichen dich die Fäuste deines Gegners.« »Nein, nein, wenn du beim Schlagen bloß darauf achtest, gut auszusehen, dann kannst du gleich den Löffel abgeben. Nicht Jab, Jab, Jab. Gib ihm einen Schlag gegen das Kinn und brich ihm dann das Genick.« »Genau, wenn dein Gegner nach dir tritt, dann fang sein Bein. Und dann verdreh es ihm und brich es.« »Ach, Mensch, was willst du ihm denn das Unterbein verdrehen? Du musst seinen Fuß festhalten und dann verdrehen und brechen. Nur dann kann er nicht mehr laufen. Fies? Bei einer Schlägerei gibt es so etwas nicht. Zuallererst mal muss man gewinnen, dann kann man weitersehen. Genau so! Junge, du bist gut.« Das alles hatten mir die Türsteher beigebracht, weil es ihnen im Warteraum langweilig war und sie mich putzig fanden.

»Mach den Schritt richtig und beginne mit einer Geraden! Du hast keine Basistechniken drauf. Die Basis!«

Ich stehe vor dem Sandsack.

Eins – zwei, eins – zwei – drei, zwei – eins – zwei, eins – zwei, eins – zwei, eins – zwei – drei – vier … Gelegentlich gebe ich dem schwingenden Sandsack auch einen Haken und einen Aufwärtshaken. Dieses verdammte Kickboxen, damit werde ich auf jeden Fall fertig.

Puk!

Der Trainer gibt mir einen Jab gegen den Hinterkopf.

»Hat dir jemand gesagt, dass du einen Haken machen sollst? Bleiben Sie bitte bei den Basistechniken, Herr Do.«

»Ja …«

Hassan kichert.

Wenn ich an alle Stellen, wo es mir wehtut, Wärmepflaster auftragen würde, würde ich wahrscheinlich zur Mumie werden. Beim Treppensteigen zittern meine Beine heftig.

Jetzt habe ich eine vage Ahnung, warum mein Vater strikt gegen das Kickboxen war. Allerdings gefällt mir dieser Sport. Er lässt mich deutlich spüren, dass ich tatsächlich am Leben bin. Ich hab irgendwie das Gefühl, dass das Kickboxen für sehr lange Zeit ein Teil von mir sein wird.

Vor unserer Wohnungstür stehen in ein Tuch gewickelte, große Tupperdosen mit Essen. Ich wickle das Tuch ab.

Ich habe auf Sie gewartet, aber gehe jetzt wieder,
weil Sie nicht gekommen sind.
Essen Sie bitte auch die Beilagen auf.

Sie war wieder da gewesen. Sie weiß ganz genau, dass ich immer spät nach Hause komme, trotzdem schreibt sie, dass sie auf mich gewartet habe. Und immer noch siezt sie mich. Ich nehme das Essen mit rein.

Können wir kurz sprechen?

Am Samstag und Sonntag arbeite ich jetzt in einer Gaststube, die sich auf Spareribs am Tischgrill spezialisiert hat. Bei der Beschaffung dieser Arbeitsstelle ist Dung-Ju beteiligt gewesen, was mich nicht gerade glücklich macht. Dennoch habe ich die Stelle angenommen, weil ich Geld verdienen muss. Ich kann wegen des Mitgliedsbeitrags für das Sportstudio nicht zu meinem Vater gehen, weil er immer noch dagegen ist, dass ich kickboxe. Bisher durfte ich nur Schläge einstecken, aber ich werde es denen schon noch zeigen.

Ich bin mir sicher, in Korea wurde neuerdings ein Gesetz verabschiedet, dass man samstags und sonntags Spareribs essen muss. Anscheinend muss man eine Geldstrafe zahlen, wenn man das an diesen Tagen nicht tut. Eine andere Erklärung gibt es nicht, warum so viele Menschen die Warterei auf sich nehmen; sie müssen eine Nummer ziehen und so lange ihren Hunger ertragen, bis sie dran sind. Das Tempo beim Essen ist auch nicht ohne. Man nimmt Platz, die Beilagen werden serviert, glühende Holzkohle wird an den Tisch gebracht, ein Grillgitter draufgelegt, das Fleisch gegrillt und man fängt an zu essen. Alles geschieht ruckzuck. Fleisch, das richtig durch ist? So etwas erwartet niemand. Das Fleisch ist nicht gar, vielmehr verbrannt. Das kostenlose Naengmyeon, ein kaltes Nudelgericht, erledigt man mit zwei, drei Bewegungen der Stäbchen – und dann zahlen. Vor der Kühltruhe mit Gratiseis an der Eingangstür wimmelt es nur so von Kindern und vor dem Kaffeeautomaten von Erwachsenen. Die Kinder sind sauer, weil das Eis schwer zu löffeln ist, und die Erwachsenen lassen den nächsten Becher in den vorigen fallen, indem sie den Knopf für Kaffee drücken, ohne den Becher, der bereits mit Kaffee gefüllt ist, herauszunehmen. Und dann werden sie sauer wegen des übergelaufenen Kaffees. Die leeren Eiskartons durch neue zu ersetzen und den Kaffee, der auf den Boden geflossen ist, wegzuputzen, auch das ist meine Aufgabe.

Wenn ich nach Hause komme, nachdem ich pausenlos Essen serviert und geputzt habe, bin ich fix und fertig. Dennoch macht Dung-Ju einen riesigen Aufstand, warum ich ihm nicht ein einziges Stück Fleisch mitbringe. Ob ich ihm mal die fettige Holzkohle ins Gesicht drücken sollte?

»Sieh sich mal einer diesen großartigen Kickboxer an. Steh auf, Schwachkopf!«

Wie vom Blitz getroffen hebe ich den Kopf und blicke Dung-Ju an.

»Hyeok-Ju schläft auch, aber er tut zumindest so, als ob er das Buch lesen würde. Kannst du dir nicht mal ein bisschen Mühe geben? Nein, du legst deine Matschbirne völlig offensichtlich auf den Tisch und pennst.«

Wegen des Gelächters im Klassenzimmer wacht Hyeok-Ju auf.

»Hyeok-Ju und Wan-Duk, ihr hasst mich richtig, nicht wahr? Ich werde auf jeden Fall auch im nächsten Schuljahr euer Klassenlehrer bleiben, ihr Schwachköpfe! Darauf könnt ihr Gift nehmen!«

Dung-Ju scheint im nächsten Jahr auch für unsere Klasse zuständig sein zu wollen. In letzter Zeit war ich total beschäftigt und hab es deswegen nicht in die Kirche geschafft ...

Es klopft an der Tür. Dung-Ju schaut wortlos hin.

Die Tür geht auf und ein fremder Mann erscheint. Hinter ihm steht noch einer.

»Sind Sie Herr Lee Dong-Ju?«

»Ja, und?«

»Können wir bitte kurz sprechen?«

»Worum geht's?«

»Vor den Schülern ist das ein bisschen ... Kommen Sie bitte kurz raus.«

Im Klassenzimmer beginnt es zu rumoren.

»Ruhe, Schwachköpfe! Ihr könnt wohl keine Gelegenheit auslassen, oder was? Lernt alleine, bis ich wieder da bin.«

Dung-Ju geht aus dem Klassenzimmer. Und er sollte nicht zurückkommen.

Es vergehen vier Tage, in denen Dung-Ju weder zu Hause noch in der Schule auftaucht. Das tat dem Mann aus dem Haus gegenüber und mir gut, weil wir nicht jede Nacht sein Geschrei zu hören brauchten.

»Ist mit Dung-Ju was passiert?«, fragt mich Hyeok-Ju.

»Woher soll ich das wissen?«

»Hast du nicht gesagt, er ist dein Onkel?«

»Das habe ich nie ... okay, okay, bleiben wir einfach dabei. Jedenfalls hab auch ich keine Ahnung.«

»Er hat sich auf diese ausländischen Arbeiter ohne Aufenthaltserlaubnis eingelassen, oder?«

»Wo hast du das her?«

»Mehr weiß ich nicht.«

»Wo du das her hast!«

»Meine Mutter ist doch Mitglied im Elternbeirat, du Penner!«

»Was wird aus ihm?«

»Keine Ahnung. Ich hab dich doch gefragt, weil ich nicht mehr weiß. Er sitzt jetzt im Gefängnis, oder?«

»Was?«

Ich verlasse das Klassenzimmer. Und renne gleich zur Kirche.

»Hassan! Hassan!«

Dieser verdammte Hassan, sonst springt er wie aus dem Nichts hervor, aber heute hat er sich komplett verkrochen.

»Hassan! Hassan!«

»Wer ist da? Was willst du von Hassan?«, fragt ein junger Mann, wohl ein Student, der plötzlich aufgetaucht ist. Er trägt eine Gitarre auf dem Rücken.

»Wo ist Hassan?«

»Kurz weggegangen. Warum?«

»Weil ich nach meinem Lehrer suche. Er geht in diese Kirche. Er soll jetzt bei der Polizei ...«

»Meinst du Herrn Lee Dong-Ju?«

»Ja.«

»Die beiden sind zusammen weg.«

»Wohin?«

»Zur Polizei.«

»Welche Polizei?«

»Polizeistation Süd.«

»Warum hat man sie festgenommen?«

»Das weiß ich auch nicht. Jemand hat sie angezeigt, glaube ich. Sie werden aber bald wieder freigelassen.«

»Woher weißt du, dass er bald freigelassen wird?«

»Weil er unschuldig ist. Mach dir keine Sorgen und geh nach Hause.«

»Alles klar.«

Der Student schmunzelt und ich verlasse die Kirche wieder.

War ja klar! Dieser Dung-Ju! Das habe ich kommen sehen. Weil er sich immer wie ein Verrückter in fremde Angelegenheiten einmischen muss. Und Hassan, der, als hätte er nur darauf gewartet, immer aus dem Nichts auftaucht und mich mit »Schwester« grüßt, warum musste der als Bonus auch mitgenommen werden? Dung-Ju, der sich nicht wie ein Lehrer benimmt, und Hassan, bei dem eine Schraube locker ist. Die beiden sind wie Charaktere, die sich verskillt haben. Es sind die schlechtmöglichsten Charaktere ihres Levels. Was soll ich aber deswegen machen? Schließlich kann man sie nicht wie in einem Computerspiel einfach löschen und neu leveln. Irgendetwas ist an dieser Sache faul. Aber wenn man sich ansieht, wie Dung-Ju handelt, könnte ich mir durchaus vorstellen, dass er schuldig ist. Wie oft hat er sich bei mir schon schuldig gemacht! Wen hat er außer mir noch wahnsinnig gemacht?

Und wieso auch Hassan? Ist er etwa aus demselben Holz geschnitzt wie Dung-Ju, obwohl er so naiv aussieht? Kerle, die Spaß daran haben, andere auf den Arm zu nehmen und ihnen rücksichtslos seelische Wunden zufügen, sollten ausnahmslos in den Knast gesteckt werden.

Mein Gebet scheint wohl langsam Wirkung zu zeigen. Wenn auch auf eigenartige Weise ...

Ich öffne die Tür des Sportstudios und trete ein.

»Hassan ist schon seit einigen Tagen nicht mehr gekommen. Ist was mit ihm passiert?«

»Abgeführt.«

»Wohin?«, fragt der Trainer, der an einem Punchingball, näht, der eigentlich ein Fall für die Mülltonne wäre.

»Zur Polizei.«

»Hat er keine Aufenthaltserlaubnis? Kann ich mir nicht vorstellen. Ich muss ihn mal besuchen gehen. Fang.«

Der Trainer wirft mir den genähten Punchingball zu. Ich hänge ihn auf und lege mich auf die Bank mit der Langhantel.

Obwohl das Studio sowieso alt ist und nur ein paar Mitglieder hat, sieht es heute besonders alt und verlassen aus. Ich komme seit sechs Monaten hierher und es hat noch nie so verlassen ausgesehen.

»Hebst du die Langhantel auch mal an oder hängst du dich nur dran?«

Ich lege die Langhantel zurück und schaue zum Trainer hoch.

»Steh mal auf. Ich will deine Kicks sehen. Dass ich in meinem Alter noch die Pratze hochhalten muss ...«

Ich stehe von der Bank auf und folge dem Trainer.

»Mein Gott! Heute bist du ja völlig durch den Wind. Nimm die Pratze mit und komm in den Ring.«

»Ach so!«

Ich hole schnell die Pratze und steige dann in den Ring.

Ich mache ein paar ganz lockere Kicks in Richtung des Trainers, der um ein Wesentliches älter ist als ich.

»Noch mal, noch mal, einen richtigen Low Kick, dann einen starken rechten.« Ich mache erneut einen Low Kick.

»Noch mal! Noch mal! Noch mal!«

Verdammt, ich würde ihn am liebsten so richtig ...

»Halt!«

Es passiert im Bruchteil eines Augenblicks. Gleichzeitig mit dem »Halt!« bekomme ich vom Trainer einen heftigen Middle Kick in die Seite. Es tut weh. So sehr, dass mir augenblicklich die Luft wegbleibt.

Was für ein dreister und gerissener Trainer! Jetzt habe ich den Beweis, dass er ein geheimes Trainingsprogramm durchzieht, wenn ich nicht da bin.

»Ich hab dir doch gesagt, dass du dir die Knochen zertrümmerst, wenn du mit dem Fußrücken triffst. Richtig mit dem Schienbein! Und auf keinen Fall darfst du das Gleichgewicht verlieren. Entscheide schnell und korrekt, warte auf Lücken in der Verteidigung des Gegners, dann tritt zu! Du wirst nie, wirklich nie in den Ring kommen, solange du die Schlägerei im Blut hast.«

Wieso sagt er, dass ich die Schlägerei im Blut habe? Ich habe mich doch gar nicht so viel geprügelt. Ich habe nur ganz selten andere zusammengeschlagen, und das auch nur, weil sich meine Faust verselbstständigt hat. Während ich sah, wie sich meine Ziehonkel im Tanzlokal mit anderen schlugen, dachte ich, dass es das Ende bedeuten würde, sollte ich jemals eine Schlägerei verlieren. Haben sich meine Gedanken etwa vollständig in meinem Körper eingenistet? Wie auch immer, ich dachte bisher, dass ich unbedingt siegen muss, wenn eine Schlägerei ausbricht, und auch heute denke ich, dass Sport ebenso etwas ist, bei dem man siegen muss. Und jetzt sagt der Trainer, dass ich mir das Siegenwollen abgewöhnen müsse? Was für ein Sport soll das denn sein!

Auf dem Weg nach Hause schaue ich kurz bei der Kirche rein. Das Fenster des Obdachs, in dem immer Licht brannte, bleibt in diesen Tagen dunkel. Es hat sonst immer bis spät Licht gebrannt. Die Kirche sieht richtig mitgenommen aus. Kann auch ein Gebäude mitgenommen sein? Das dreieckige Dach sieht aus, als ließe es die Schultern hängen.

Die ganze Nacht hindurch schlafe ich schlecht. Ich denke immer wieder an Dung-Ju, der im Gefängnis sitzt. Was für einen Quatsch hat er bloß angestellt? Der Student aus der Kirche hat zwar gesagt, dass er nichts gemacht habe, aber wenn er im Gefängnis sitzt, dann muss er doch irgendwas verbrochen haben. Es hieß, dass er im Gefängnis Süd sei. Ob ich da mal hingehen und nachfragen sollte? Aber alleine dort hinzugehen, ist irgendwie … Soll ich Hyeok-Ju mitnehmen? Nein. Er hat ja gesagt, dass seine Mutter Mitglied im Elternbeirat ist. Wenn ich vielleicht mit Yun-Ha … Genau, Yun-Ha ist perfekt!

Gleich nach dem Samstagsunterricht gehe ich zu ihr.

»Hey, Yun-Ha, kann ich dich kurz sprechen?«

»Worum geht's?«

»Das hier ist nicht gerade der ...«

Die anderen werfen uns verstohlene Blicke zu.

Ich verlasse das Klassenzimmer. Yun-Ha folgt mir.

»Komm mit, ich gehe zu Dung-Ju!«

»Herr Lee? Wo ist er?«

»Im Gefängnis.«

»Oh nein! Wieso?«

»Das weiß ich auch nicht.«

»Aber wieso gehen wir dorthin?«

»Einfach so. Es ist Samstag. Außerdem ist das Wetter schön.«

»Ist das gerade ein Date?«

»Ja, tun wir mal so.«

Ich kann sie irgendwie nicht leiden.

»Aber wieso ausgerechnet ins Gefängnis? Na gut, gehen wir.«

»Wen sehe ich denn da? Die Beste und den Schlechtesten aus meiner Klasse!«

Bevor ich mich versehe, schaue ich im Besucherzimmer zum Polizisten rüber. Unsere Blicke treffen sich. Ich komme zwar mit dem Lernen nicht klar, aber der Schlechteste bin ich auch nicht. Dieser Polizist hier wird mich aber nun mit Sicherheit als den Schlechtesten aus meiner Klasse in Erinnerung behalten.

Es war ein Fehler, hierherzukommen.

»Herr Lee, warum sind Sie hier?«, fragt Yun-Ha.

Sie bleibt cool. Ich habe auch nicht erwartet, dass sie unendlich rumheulen würde, allerdings habe ich gedacht, sie würde wenigstens ein Gesicht machen, dass Dung-Ju ihr leidtue.

»Ich wurde von der Polizei einfach hierhergeschleppt. Deswegen.«

»Genau das meine ich. Wieso hat die Polizei Sie hierhergeschleppt?«

»Das weiß ich auch nicht. Jedenfalls werde ich bald wieder draußen sein.«

»Woher wissen Sie, dass Sie bald draußen sein werden?«

»Glaub mir einfach, wenn ich das sage. Verschwindet jetzt. Schüler sollten sich nicht so lange an diesem Ort aufhalten.«

»Okay.«

Dung-Ju steht hinter der Glasscheibe auf. Yun-Ha und ich tun es ihm gleich.

»Hey, Wan-Duk!«

»Ja?«

»Bist du etwa Yun-Has Bodyguard? Du kommst und gehst wieder, sagst aber kein einziges Wort, Schwachkopf!«

»...«

»Hast du mir etwas zu essen mitgebracht?«

»Was?«

»Und du willst mein Schüler sein! Dein Lehrer leidet hier und... Ich würde dich am liebsten einfach... Geh nur, verschwinde!«

Dung-Ju verlässt das Besucherzimmer. Er sieht ganz normal aus, also geht's ihm einigermaßen gut, denke ich.

Zusammen mit Yun-Ha verlasse auch ich das Besucherzimmer.

»Wo wollen wir jetzt hin?«, fragt Yun-Ha.

»Ich muss zur Arbeit. Mach's gut.«

»Was?«

»Ich bin schon spät dran. Wegen Dung-Ju.«

»Das meinst du doch nicht ernst? Alles klar, dann mach's gut!«, schreit Yun-Ha und rennt davon. Sie ist komisch.

Step by step

»Er ist doch dein Lehrer, also sollten wir ihn mal besuchen.«

»Geh alleine hin.«

»Du bist wirklich …«

Mein Vater wirft mir einen bösen Blick zu und hält ein großes Stück Tofu in der Hand – man sagt, dass man nie wieder ins Gefängnis geht, wenn man gleich nach der Freilassung ein Stück Tofu isst.

Drei Tage nach meinem Besuch im Gefängnis ist Dung-Ju nach Hause gekommen. Das bedeutet, dass er insgesamt gerade einmal eine Woche im Gefängnis verbracht hat. Und trotzdem muss ich mit einem Stück Tofu zu ihm rüber, und das auch noch in der Nacht? Ich ziehe mir die Schuhe an. Seitdem ich mich letztes Mal mit meinem Vater gestritten habe, kann ich ihm komischerweise nicht mehr widersprechen.

»Wa-warte auf mich.«

Mein Onkel zieht sich auch schnell die Schuhe an und kommt mit.

Der Tico hat die ohnehin sehr enge Gasse vollständig in Besitz genommen.

»Herr Lee …«

Aus Dung-Jus Wohnung ist nichts zu hören.

»Er scheint nicht da zu sein. Gehen wir.«

Mein Vater schaut mich misstrauisch an und versucht es selbst noch mal.

»Herr Lee! Herr Lee!«

Ich rechne damit, dass der Mann aus dem Haus von gegenüber gleich den Kopf aus dem Fenster streckt und mit seinem »Welches Arschgesicht!« anfängt. Aber heute taucht er zum Glück nicht auf. Dung-Ju öffnet die Tür.

»Herr Do, seit wann sind Sie zurück?«

»Seit gerade eben. Ich habe Ihnen das hier mitgebracht ...«

Vater hält ihm den Tofu entgegen.

»Sehr gut, ich habe sowieso Hunger. Kommen Sie rein.«

Wir betreten gemeinsam Dung-Jus Wohnung.

Das Zimmer ist ungefähr so groß wie unseres. Im Gegensatz zu unserer Wohnung stapeln sich an der rechten Wand, völlig unpassend für Dung-Ju, von oben bis unten Bücher. Die hat er nicht gelesen. Er hat sie bestimmt nur, um Eindruck zu schinden ...

»Normalerweise isst man das mit Kimchi. Habe ich allerdings nicht, deswegen esse ich es jetzt einfach so.«

Dung-Ju isst gierig das große Stück Tofu. Mein Vater holt eine Flasche Soju und getrockneten gegrillten Tintenfisch hervor. Kleine Pappbecher gibt es auch.

»Was war denn los, dass Sie so etwas über sich ergehen lassen mussten?«, fragt mein Vater, während er Dung-Jus Becher füllt.

»Ich hatte einen bösen, alten Typen angezeigt.«

Dung-Ju leert seinen Becher in einem Zug. Mein Onkel füllt sehr langsam nach, als ob es Öl wäre.

»Ich verstehe nicht ganz, wovon Sie reden ...«

»Es gibt da jemanden, der die Not Ausländer ausnutzt und sie schwer für sich schuften lässt.«

»Sie meinen die Leute ohne Aufenthaltserlaubnis?«

»Es gibt solche, die aus freien Stücken illegal hier sind, aber es gibt auch solche, die von anderen zu illegalen Einwanderern gemacht werden. Und dann drohen sie diesen mit der Zwangsabschiebung.«

»Aber werden ausländische Arbeiter nicht abgeschoben, wenn die Arbeitgeber wegen so einer Sache angezeigt werden?«

»Wenn so etwas passiert, dann werden diese Arbeiter zuerst von unserer Kirche aufgenommen. Wir sind dabei aber sehr vorsichtig und nehmen nicht zu viele von ihnen auf. Jeden Tag werden, egal wo, die Menschenrechte der Ausländer verletzt. Die Arbeitgeber stecken sich das Geld der Betriebsunfallversicherung in die eigene Tasche und überlassen die Bezahlung medizinischer Behandlungen den Arbeitern selbst. Die Arbeiter machen lieber mit einem amputierten Finger weiter, statt sich medizinisch behandeln zu lassen. Denn von dem Geld, das sie für eine Operation ausgeben müssten, können ihre Familien in ihrem Heimatland mindestens ein Jahr leben.«

Menschenrechtsverletzung? Hallo, werter Herr Lee Dung-Ju! Wie wäre es, wenn Sie mal an meine Menschenrechte denken würden, statt sich lediglich Sorgen um ausländische Arbeiter zu machen? Zu ihrem Schüler sagen Sie andauernd, er sei ein Gangster und Schwachkopf, breiten in der Öffentlichkeit sein Privatleben aus. Aber um die ausländischen Arbeiter, ja, um die kümmern Sie sich!

»Ein Bekannter von mir hat bewusst seine ihm vorgeschriebene Arbeitsstelle verlassen, weil die Arbeitsbedingungen …«, sagt mein Vater.

»Von denen gibt es viele. Arbeitgeber, die, das ganz genau wissend, solche Leute einstellen, gibt es genauso viele. Dann muss man schuften wie ein Sklave. Wir helfen jenen Leuten, die hart arbeiten. Wenn wir aber herausfinden, dass jemand einen ehrlichen Arbeitgeber betrügt und Ärger macht, dann sorgen wir dafür, dass er abgeschoben wird. Es ist also nicht so, dass wir ausschließlich für eine Seite arbeiten.«

»Sind Sie dann in einem Verein?«

»Es gibt keinen Verein. Es gibt einfach ein paar Leute, die gleicher Meinung sind und sich zusammengetan haben. Je nachdem, wer gerade Zeit hat, der kümmert sich dann um die Arbeit. Diesmal haben wir uns auf einen ziemlich großen Fisch eingelassen und gleich einen Schlag ins Gesicht abbekommen. Trotzdem gibt es nichts, dessen man uns für schuldig erklären könnte, denn wir haben zuerst alle Beweise sichergestellt und dann gehandelt.«

»I-ich wurde für schuldig erklärt…«, sagt Onkel Min-Gu zu Dung-Ju.

»Bist du ein Ausländer? Wann wurdest du für schuldig erklärt?«, fragt mein Vater und gerät etwas in Panik.

»Vo-vo-von einem Lastwagen wurde ich doch für schuldig erklärt. Da-da-das weißt du doch.«

»Was meint er, dass er von einem Lastwagen für schuldig erklärt wurde?«, fragt Dung-Ju meinen Vater.

»Ab und zu, wenn wir keinen Platz auf dem Markt bekommen, dann kommt es vor, dass wir Ärger mit dem Ordnungsamt bekommen.«

Das habe ich schon mitbekommen. Dass eine Straßenhändlerin, die vor einer Ampel etwas verkaufte, und Kontrolleure miteinander stritten. Es war eine Oma, die im Regen Gemüse verkaufte, wobei es so aussah, als würde man damit nicht viel verdienen können, selbst wenn man alles loswerden würde. Ich habe auch schon gesehen, dass sich mein Vater wegen der Kontrolleure, die so häufig im Tanzlokal auftauchten, wie ein Verbrecher an die Wand stellen musste. Jetzt sehe ich vor meinem geistigen Auge meinen Vater, wie er wegen der Kontrolleure vom Ordnungsamt an der Wand steht. Onkel Min-Gu, der nicht zwei Sachen gleichzeitig im Kopf behalten kann, wird nur daran gedacht haben, dass die Waren meinem Vater und ihm gehören. Und während er geschlagen wurde oder ihm die Waren weggenommen wurden, hat er wohl gemeint: »Die-die-die gehören uns.«

»Ist es schwierig, auf dem Markt einen Platz zu bekommen?«

»Für die größeren Märkte gibt es Genossenschaften, die besten Plätze werden dort unter der Hand verteilt.«

»Wer hätte gedacht, dass selbst auf dem Markt das verdammte Vitamin B sein Unwesen treibt!«

»Vi-Vi-Vitamin B kann man heute auf dem Ma-Ma-Markt kaufen ...«

Dung-Ju und mein Vater lachen gleichzeitig auf. Genau das ist das Charmante an Onkel Min-Gu.

»Hmm ... ob seine Mutter wohl ohne Schwierigkeiten arbeiten kann?«, fragt mein Vater.

»Sie ist nicht illegal hier, wie Sie sehr gut wissen. Als sie Sie geheiratet hat, hat sie auch einen koreanischen Personalausweis bekommen. Sie hilft uns sehr.«

»Das ist gut.«

»Kommt sie häufig bei Ihnen vorbei?«

»Ich nehme an, dass sie das tut, wenn ich mir so die Beilagen in unserem Kühlschrank ansehe und auch die fremden Tupperdosen, die sich bei uns stapeln.«

»Ah ja.«

»Was ist mit Hassan?«, frage ich und unterbreche damit das Gespräch abrupt.

»Hassan? Wurde abgeschoben. Ich weiß, dass er an sich selbst denken musste, aber man sollte doch versuchen, zusammenzuhalten ...«

Es hatte sich herausgestellt, dass Hassan ein Schnüffler war, der von Arbeitgebern engagiert wurde. Seine Aufgabe war es, Personen wie Dung-Ju ausfindig zu machen und sie ihnen zu melden. Hassan arbeitete für die Koreaner, während Dung-Ju für die Ausländer arbeitete. Dafür wurde Hassan abgeschoben und Dung-Ju musste kurzzeitig ins Gefängnis.

»Werden Sie nicht wieder verhaftet, wenn Sie weiter mit diesen Leuten zusammen rumhängen?«, frage ich.

»Ist das ein Verbrechen, mit Ausländern rumzuhängen?«

Dung-Ju lacht dreckig, wobei ich mich frage, was es zu lachen gibt. Es ist ein hinterhältiges Lachen. Ein Lachen, das offenbart, dass man etwas im Schilde führt. Was das ist, würde ich ihn gerne fragen, aber ich tue es nicht. Genauer, ich kann es nicht fragen.

Stattdessen frage ich ihn: »Was ich schon immer mal wissen wollte: Ist das hier eigentlich eine Sekte?«

»Das ist keine Sekte, Schwachkopf!«

Mein Gebet wird nie erhört, egal, wie sehr ich auch bete. Was soll die Kirche denn sein, wenn keine Sekte?

»Ich muss los, bis später.«

Ich bleibe vor Dung-Jus Wohnung auf dem Dach stehen und blicke mich in unserem Viertel um. Kreuze sprießen in unserer Gegend wie Pilze aus dem Boden. Ich sehe auch das Kreuz von Dung-Jus Kirche. Wenn das so weitergeht, werden hier bald mehr Kreuze als Wohnungen stehen.

»Hey, ihr Schwachköpfe! Was für ein Modus ist das denn jetzt? Hier wird wie verrückt gelernt.«

Dung-Ju ist zurück.

»Yeah!«

Ein riesiger Jubel. Seit wann wird Dung-Ju so gemocht?

»Wie beliebt ich bin! Wer ein Autogramm möchte, kann einzeln nach der FL-Stunde zu mir kommen. Und wer ein Autogramm von mir hat, dem kürze ich die Bewährungszeit.«

Meine Mitschüler lachen und trommeln dabei kräftig auf den Tischen, sodass der Raum bebt. Ich stelle mir vor, wie der Lehrer aus der Nebenklasse jede Sekunde reinkommt und »Welche Klasse voller Arschgesichter …« schreit.

»Bald sind Klausuren. Die Noten zählen in die Abschlussnote rein. Denkt daran. Trotzdem dürft ihr nicht zu offensichtlich in der Kunst- oder Sportstunde für andere Hauptfächer lernen. Die Kunst- und Sportlehrer haben sich auch den Arsch aufgerissen, um Lehrer zu werden. Verstanden?«

»Jawohl!«

»Antworten könnt ihr ja ...«

Dung-Ju geht aus dem Klassenzimmer.

»Wer hat Dung-Ju geholfen, dass er wieder an die Schule darf? Er war doch im Gefängnis?«, fragt mich Hyeok-Ju.

»Woher soll ich das wissen?«

»Er ist doch dein Onkel. Wer soll es denn wissen, wenn nicht du?«

»Mein Onkel verkauft gerade Lesebrillen, alles klar?«

»Hä? Was haben denn jetzt Lesebrillen mit dem Gefängnis zu tun?«

Ich blicke Hyeok-Ju kurz an und lege dann meinen Kopf auf den Tisch.

Mein Trainer sagt, dass Schlägereien und Sport zweierlei seien. Ich solle immer Rücksicht auf den Gegner nehmen und mit Respekt kämpfen. Wenn ich das vergessen würde, müsste ich den Rest meines Lebens wie ein Verbrecher leben, auch wenn ich einen Kampf gewinnen würde. Ich mag Schlägereien nicht. Ich habe nur zugeschlagen, wenn sich jemand über meinen Vater lustig gemacht hat, indem er ihn Zwerg nannte. Das waren keine Schlägereien. Mein Gegner hat mit seinen Worten etwas in mir verletzt und ich habe ihn mit Händen und Füßen verletzt, weil ich mir nicht zutraute, ihn, genauso wie er mich, mit Worten zu verletzen. Wenn die Wunden verheilt waren, konnte der andere wieder problemlos laufen und rennen, aber in mir häuften sich immer mehr schmerzhafte Worte an. Siegen soll nicht immer siegen heißen? Man siegt, wenn man siegt! Der Trainer ist doch insgeheim ein Romantiker!

Als ich hier angefangen habe, gab es mindestens drei, vier Schüler, die mit mir trainierten. Jetzt allerdings trainiere ich bis in die Nacht hinein alleine. Das ist mir sehr recht, da ich es ohnehin nicht mag, mit vielen Menschen zusammen zu sein. Aber der Trainer sieht nicht unbedingt glücklich aus.

»Hassan hat mir einen angehenden Gangster mitgebracht und ist dann zurück in seine Heimat …«

Ich kann dem Trainer nicht erzählen, dass Hassan ein Schnüffler war und zwangsabgeschoben wurde. Er habe die ihm vorgeschriebene Arbeitsstelle verlassen und rechtswidrig Immobilien erworben. Deswegen sei er bei der Polizei angezeigt und abgeschoben worden, sage ich dem Trainer nur.

Hassan, ich und das Kickboxen. Der immer so unschuldig lächelnde Hassan fehlt mir ein bisschen.

»Wie wäre es, wenn Sie ein paar Flyer verteilen?«

»Flyer? Nein. Erfahrungsgemäß bleiben diejenigen, die wegen der Flyer kommen, nicht lange. Man sollte kommen, weil man es wirklich will.«

»Es gibt viele Studios, in denen einem Selbstverteidigung beigebracht wird.«

»Man bräuchte keine Selbstverteidigung, wenn so Kerle wie du nicht herumlaufen würden. Ruhe jetzt. Fang mit dem Training an.«

Der Trainer setzt auf dem Campingkocher Wasser für Instantnudeln auf. Schon wieder Instantnudeln. Ich werde ihm ein paar Packungen Instantreis mitbringen, wenn ich wieder welche bekomme. Ich verstehe einfach nicht, warum ich umgeben bin von Menschen, denen ich Essen mitbringen muss. Ich bin doch der Sozialhilfeempfänger, mein Gott!

Der Trainer kommt zu mir und stochert dabei in den Zähnen.

»Möchtest du vielleicht an einem Wettkampf teilnehmen?«

»Ich? Schon?«

»Du weißt also, dass du schlecht bist. Immerhin. Im Februar nächsten Jahres findet ein Freundschaftskampf zwischen den Sportsstudios statt. Ich meine, dass du vielleicht in der Vorrunde vor dem eigentlichen Wettkampf zum Warmwerden antreten könntest.«

»Ein Freundschaftskampf ist nichts Besonderes, oder?«

»Nimm mal daran teil, dann reden wir wieder! Regeln sind auf jeden Fall Regeln. Im Januar machst du deine Gürtelprüfung und im Februar versuchen wir es mit einem Kampf.«

»Okay.«

»Wir haben nicht mehr viel Zeit. Konzentriere dich auf deine Spezialität.«

»Bringen Sie mir zuerst mal irgendetwas bei, bevor Sie mir sagen, dass ich mich auf meine Spezialität konzentrieren soll.«

»Hallo? Junge, Junge! Geh mal in mein Büro und hol mir den Regenschirm.«

»Den Regenschirm? Wozu?«

»Hol ihn einfach, wenn ich es dir sage!«

Ich gehe ins Büro. Und bringe einen Regenschirm mit, der so groß ist wie ein riesiger Sonnenschirm.

Der Trainer kontrolliert, ob der Regenschirm sicher zugebunden ist.

»Versuch mal auszuweichen. Pass auf, dass ich dir nicht in die Füße steche, wenn du zu langsam bist. Los!«

Er beginnt mit dem spitzen Regenschirm nach meinen Füßen zu stechen.

»Was machen Sie da?«

»Was glaubst du wohl, was ich mache? Weich aus.«

Ich weiche wild dem Regenschirm aus, der blitzschnell wie eine Nähmaschine auf mich niedersaust. Der Regenschirm schmettert von vorne, hinten, links und rechts auf mich ein. Ich wollte Kickboxen lernen, aber was mache ich? Einem Regenschirm ausweichen, zum Teufel noch mal! Ich ziehe immer wieder meine Füße zurück und werde dennoch vom Regenschirm getroffen.

»Machen Sie etwas langsamer, bitte!«

»Langsamer? Sehr lustig, Junge! Wenn deine Steps nicht mehr stimmen und sie zu langsam sind, dann ist das dein Ende.«

Kann mir jemand sagen, seit wann es im Kickboxen die Technik des Regenschirmausweichens gibt?

»Zu langsam, zu langsam.«

Ich gehe schließlich zu Boden. Ums Herz ist es mir eng geworden und die Muskeln an den Waden sind verhärtet, sodass ich nicht mehr stehen kann.

»Du kannst nicht einmal einem Regenschirm ausweichen ...«

Der Trainer steckt den Schirm wie ein Schwert an die Seite und geht ins Büro.

Es ist das erste Mal, dass sich mir die Decke dreht, weil ich einem Regenschirm ausweichen musste.

Meine Zehen und Fußrücken sind geschwollen, weswegen mir das Laufen schwerfällt. Ich ziehe meine Schuhe aus, weil sie mich zu sehr drücken. Es ist Nacht, niemand ist auf der Straße und es wäre auch egal, wenn mich jemand sehen würde. Barfuß zu gehen, tut gut. Es ist schon Herbst und daher ist der Boden ziemlich kühl. So kühlen sich meine überhitzten Füße schnell ab. Am Himmel ist kein einziger Stern und auf der Straße kein einziger Mensch zu sehen.

Itsuka wa kitto, yeah
Ashita wa motto, oh
Ima wa step by step yeah, oh

Ein Motorrad eines Lieferservices fährt mit dem aufgedrehten Lied *Step by step* der Boygroup Dongbangshinki an mir vorbei. Es kommt mit *Itsuka wa kitto* heran und ist bei *Step by step* verschwunden. Ich verstehe kein Wort von dem japanischen Text, aber der Rhythmus ist heiter. Die Straße ist wieder ruhig geworden. Ich bewege mich durch das still daliegende Wohnviertel.

Früher hatte ich das Gefühl, als würde nur ich stehen bleiben, aber jetzt scheint es, als würde nur ich mich bewegen. Ich kann es spüren. Ich, ja genau ich werde an einem Wettkampf teilnehmen.

Step by step gehe ich weiter.

Heute Nacht möchte ich über nichts nachdenken müssen und mich ausgiebig ausruhen. Der Schlüssel für unsere Dachwohnung dreht sich allerdings ins Leere. Als ich ihn in die andere Richtung drehe, ist die Tür abgeschlossen. Wenn mein Vater zurück sein sollte, sollte unten der Tico stehen ... Eine dunkle Wohnung, in der kein Licht brennt. Ein Einbrecher! Verdammt. Weil meine Füße nicht in Ordnung sind, ist eine Trittkombination unmöglich. Ich muss die Sache mit einem einzigen kräftigen Tritt erledigen. Ich lege meine Tasche leise auf dem Boden ab und ziehe meine Turnschuhe an. Als ich die Schnürsenkel zubinde, tun mir die Fußrücken weh.

Ich mache vorsichtig die Wohnungstür auf. Es knarrt, aber zum Glück nicht allzu laut. Niemand da. Optimal wäre es, wenn ich, die Tür auftretend, ins Zimmer könnte, aber sie geht nach außen auf. Ich muss den Türgriff blitzschnell drehen und wie der Wind ins Zimmer stürmen.

Eins, zwei, drei!

Ich reiße die Tür auf. Der Kerl steht vor dem Fenster wie eine Statue, ohne das Licht angemacht zu haben. Gut. Genauso wie ein Sandsack. Mit schnellen Schritten die Entfernung überbrückend, tief in den Knien, trete ich dem Kerl mit dem Schienbein gezielt in die Seite. Der Kerl fällt nach vorne über. Dung ... Dung-Ju!

»Du ... verdammter Schwachkopf ... wagst es ... deinem ... Lehrer ...«

Dung-Ju, vollkommen schlaff, rutscht immer wieder von meinem Rücken. Ich muss versuchen, ihn fest auf meinem Rücken zu halten und dabei zu rennen. Ich wusste nicht, dass der Weg von unserer Wohnung bis zur Hauptstraße so weit ist. Stirb mir nicht weg, stirb mir bloß nicht weg! Lieber Gott, es tut mir leid, es tut mir so schrecklich leid! Bitte rette Dung-Ju. Wenn ich darüber nachdenke, glaube ich, dass er gar kein so schlechter Mensch ist. Schlechte Menschen gibt es wie Sand am Meer. Wenn du ihn bisher am Leben gelassen hast, dann lass ihn auch weiter am Leben. Lass ihn leben ...

Eine Katze, die keine Ahnung hat, was gerade los ist, läuft mir quer über den Weg.

»Hau ab! Scheiß Köter!«

Miau!

»Kein Köter, eine Katze, Schwachkopf!«, sagt Dung-Ju. Ich komme gerade an der Kirche vorbei. Wahrscheinlich gibt es in dieser Kirche doch einen Gott.

»Verdammt schwer.«

»Und ich habe verdammte Schmerzen, Schwachkopf.«

Obwohl ich Dung-Ju auf dem Rücken trage, renne ich wie ein Pfeil. Der Wind treibt mir Tränen in die Augen. Dung-Ju … lebt.

»Ist Dung-Ju wieder festgenommen worden?«, fragt Hyeok-Ju.

Dung-Jus Rippen wurden gestern gebrochen. Aus diesem Grund ist er heute nicht zur Schule gekommen.

»Er ist im Krankenhaus, weil seine Rippen gebrochen sind.«

»Wieso?«

»Beim Kickboxen.«

»Er kann die Finger echt von nichts lassen.«

Meine Worte. Auch heute kann ich beim FL nicht mitmachen. Weil ich zu Dung-Ju muss.

3

Eins – zwei, Cha-Cha-Cha

Ich betrete das Krankenzimmer von Dung-Ju. Neben seinem Bett sitzt in einem Rollstuhl ein grauhaariger alter Mann. Ich drehe mich zur Tür, um wieder zu gehen.

»Warum gehst du wieder, wenn du schon da bist?«, fragt mich Dung-Ju.

»Sie haben Besuch.«

»Setz dich da hin«, sagt er und deutet mit dem Kinn auf ein leer stehendes Bett.

Ich bleibe hinter dem Bett stehen. Ein Zweibettzimmer in einem kleinen Krankenhaus unseres Wohnviertels; das Zimmer ist eng und die kühle Atmosphäre bedrückend.

»Ich habe nur einen einzigen Sohn und der …«

»Ich mache das, genau weil ich dein einziger Sohn bin.«

»Deswegen zeigst du die Firma deines Vaters an?«

»Du hast schwer schuftende Menschen rücksichtslos behandelt.«

»Ich habe sie im legalen Rahmen behandelt.«

»Ich glaube eher, dass du die Lücken des Gesetzes legal ausgenutzt hast.«

»…«

»Mit Schimmel übersäte Unterkünfte, jeden Tag verquollene Instantnudeln, mangelhafte Sicherheitsvorkehrungen …«

»Es gibt Fabriken, die nicht einmal das zur Verfügung stellen.«

»Es gibt welche, die wesentlich mehr als das bieten. Und das ist für sie eine Selbstverständlichkeit.«

»Duuu …«

Der alte Mann umklammert die Räder seines Rollstuhls.

»Erinnerst du dich noch an Tiro aus Vietnam? Du hast ihr

gesagt, dass sie zur Familie gehöre, und mit diesen Worten hast du ihr auch unseren Haushalt überlassen. Ich meine die, die bei der Arbeit an der Schneidemaschine ihre Finger verloren hat, als sie Platten für Metalletuis zugeschnitten hat. Was hast du dann gemacht? Du hast sie einfach in ihre Heimat zurückgeschickt. Weißt du, seit diesem Tage habe ich nie wieder ein Metalletui angerührt.«

»Ich konnte doch niemanden behalten, der nicht arbeiten kann. Meine Firma ist schließlich keine Hilfsorganisation.«

»Hahaha! Du hättest ihr zumindest medizinische Versorgung zukommen lassen und sie dann zurückschicken können. Aber du hast sie bei uns zu Hause weiter schuften lassen, bis ihre restlichen drei Finger bis zum Handrücken hoch verfault waren und danach, ja, erst danach hast du sie zurückgeschickt! Hast du gedacht, dass ich das nicht mitbekommen habe? Damals war ich bereits in der zehnten Klasse. Und es gibt etwas, das ich bis heute nicht verstanden habe. Warum hast du ihr nicht wenigstens ihr Gehalt gezahlt, als du sie zurückgeschickt hast? Ich weiß, dass du das bei anderen auch heute noch so machst. Warum behandelst du die ausländischen Arbeiter so? Ach so! Richtig! Du bist eigentlich nur stark, wenn du einen Schwächeren vor dir hast. Das vergesse ich immer wieder, ich Idiot.«

»Jeong! Jeong!«, schreit der Alte, ohne sich nach hinten umzudrehen.

Ein Mann im schicken Anzug kommt ins Zimmer herein.

»Du bist der schlechteste Sohn der Welt!«, sagt der Alte, während der Mann ihn im Rollstuhl zur Tür schiebt. Als sich unsere Blicke treffen, schaue ich schnell weg. Die beiden verlassen das Krankenzimmer.

»Oh, ich sterbe. Hey, Schwachkopf, ich bring dich um, wenn ich hier raus bin«, stöhnt Dung-Ju auf einmal.

»Ich habe nachgefragt und es heißt, dass Ihre Rippen nur ganz leicht angeknackst sind. Ganz leicht!«

Ich setze mich auf das leere Bett neben Dung-Ju.

»Wer sagt das? Kann sein, dass ich das nicht überlebe!«

»Warum gehen Sie einfach in eine fremde Wohnung? Wo haben Sie die Schlüssel her?«

»Dein Vater hat sie mir gegeben und gesagt, dass ich mich um dich kümmern soll, wenn was mit dir sein sollte.«

»Und warum sind Sie dann gekommen? Ist was mit mir?«

»Nicht mit dir, sondern mit mir. Deswegen war ich da.«

»Was?«

»Dieser Alte ist mitten in der Nacht bei mir aufgetaucht.«

»Das ist Ihr Vater, nicht?«

»Richtig.«

»Er scheint ziemlich krank zu sein.«

»Na klar. Den Rollstuhl benutzt er immer, wenn er sich in die Ecke gedrängt fühlt.« Dung-Ju lacht zwar dabei, aber er sieht irgendwie nicht so aus, als würde er das lustig finden.

»Er scheint reich zu sein, wenn er so einen Mann beschäftigen kann.«

»Verdammt reich. Denn er hat jede Menge Vermögen von meinem Großvater geerbt.«

»Dann sind auch Sie reich.«

»Magst du mich jetzt nicht mehr, weil ich reich bin?«

»Ich mag Sie sowieso nicht.«

»Ist mir klar.«

»Warum tun Sie dann so, als ob Sie arm wären?«

»Schwachkopf! Ich tue nicht nur so, ich bin arm. Was denkst du, warum ich auf dem Dach wohne?«

»Mir würde es nichts ausmachen, auf dem Dach zu wohnen, ich könnte auch unter einer Brücke wohnen, wenn mein Vater reich wäre. Ich müsste mir ja keine Sorgen machen, weil ich einen Vater hätte, der sich um alles kümmern würde. Egal, was Sie sagen, es bleibt dabei, dass Sie einen reichen Vater haben! Haben Sie etwa eine Mutter, die ins Ausland gegangen ist, um zu heiraten, weil sie so arm ist? Haben Sie jemals Essen für Sozialhilfeempfänger nach Hause mitgenommen, nur weil Sie sonst hungern müssten? Man würde am liebsten im Erdboden versinken. Haben Sie eine Ahnung, wovon ich überhaupt rede?«

»Du kannst vielleicht reden! Hast du Kickboxen etwa mit dem Mund gelernt?«

»Sie wollen die Armut einfach mal wie in einem Urlaub erleben. Sie verlassen einen sicheren Ort, an den Sie jederzeit zurückgehen können, und machen hier Ihre Erfahrungen mit der Armut! Behaupten Sie bitte nicht, dass Sie die Armut kennen, die man niemals loswird.«

»Soll ich als einfacher Lehrer dann mit einem Mercedes zur Schule fahren? Was würdest du denn denken, wenn ich in einem luxuriösen Haus mit allem möglichen fantastischen Sicherheitsschnickschnack wohnen und jedes Wochenende Golf spielen würde? Du würdest mich so oder so anmaulen. Klappe jetzt!«

»Man sagt, dass es scheiße ist, wenn man arm ist, aber so tut, als wäre man reich. Aber es ist genauso scheiße, wenn man reich ist und so tut, als wäre man arm.«

»Es ist auch scheiße, wenn ein Schwachkopf wie du, der alles andere als ein cooler Typ ist, so tut, als wäre er cool. Offen gesagt, kennst auch du die wirkliche Armut nicht. Du bist zwar nicht mit einem Silberlöffel im Mund zur Welt gekommen, aber dein Vater sorgt zumindest dafür, dass du nicht hungerst und einen Platz zum Schlafen hast. Du hast kein Recht, mich zu kritisieren, Schwachkopf. Ist die Armut, wegen der man am liebsten im Erdboden versinken würde, wirklich

Armut? Jemand ist arm, wenn er sich darüber freut, dass er eine weitere Packung Instantreis mitnehmen darf. Es gibt Familien, die eine einzige Packung Instantreis mit sehr viel Wasser zu einem Brei kochen und gemeinsam zu Abend essen! Und du hast nicht mal was mitgebracht, obwohl du einen Kranken besuchst? Nicht mal eine kleine Dose Pfirsiche? So ein unverschämter Schwachkopf bist du! Oh Mann, ich überlebe das nicht.«

»Sie haben doch einen reichen Vater. Wieso wollen Sie dann, dass ich Ihnen etwas mitbringe?«

Ich stehe vom Bett auf.

»Hey, wo willst du hin?«

»Zum Training.«

»Wozu zum Teufel jeden Tag trainieren? Geh lieber auf ein Date.«

»Ich geh dann mal.«

»Yun-Ha mag dich, glaube ich.«

Mann, Dung-Ju! Ich muss mich mal erkundigen, ob er überhaupt das Staatsexamen als Lehrer bestanden hat.

»Das ist wahr, Schwachkopf!«

»Verdammt, das ist doch zum ...!«

»Wow, wie schaust du mich denn an! Ich bin dein Lehrer! Hey, jetzt hör mir mal zu. Man fühlt sich viel freier, wenn man die Wahrheit einfach offen ausspricht.«

»Welche Wahrheit?«

»Nur einmal, nur beim ersten Mal ist es peinlich. Manche hören nicht auf, sich über dich lustig zu machen, wenn sie deine Schwäche erkennen. Solche Arschlöcher kann man aber einfach ignorieren. Weil du es aber so tief in dir vergraben hast, wirst du verletzt, wenn es jemand anderes offenlegt. Wenn du nicht verletzt werden willst, dann gib selbst zu, dass es so ist.«

»Wovon reden Sie denn überhaupt?«

»Von diesem ›Etwas‹ rede ich. In deinem Alter ist dir dieses ›Etwas‹ verdammt peinlich, aber wenn du älter bist, wird es dir viel peinlicher sein, dass es dir peinlich war. Verschwinde, Schwachkopf, ich will schlafen.«

Ich verlasse das Krankenzimmer, ohne mich noch einmal umzudrehen.

Hat er das gesagt, weil er wirklich nicht weiß, wie unverschämt sich die Menschen benehmen, wenn sie etwas erfahren haben, was sie überhaupt nichts angeht? Weiß er wirklich nicht, dass es nur so von Menschen wimmelt, die sich über die Schwächen anderer lustig machen? Hat er das gesagt, weil er nicht weiß, welche Blicke die Leute meinem Vater zuwerfen, der einfach so zur Welt gekommen ist und nichts dafürkann? Mein Vater hat geübt, bis ihm die Fußnägel ausfielen und er eine Bänderzerrung hatte, weil er davon träumte, ein Tänzer zu werden. Und was haben die Menschen aus ihm gemacht? Sie haben ihn in die Tanzlokale am Stadtrand vertrieben und zur Lachnummer gemacht …

Richtig, ich habe noch nie von mir aus über meinen Vater gesprochen. Weil ich nur zu gut weiß, dass die Leute nicht mich, sondern meinen Vater auslachen würden, wenn ich von ihm erzählen würde. Leben wir etwa in einer Welt, in der man sich vor nichts schämt, weil man selbst nur zu gut weiß, dass es nichts gibt, vor dem man sich zu schämen braucht? Nein! Warum kümmert es einen, was andere sagen? Weil es diese anderen wie Sand am Meer gibt! Wenn man Fälle wie Stephen Hawking, die man an gerade mal einer Hand abzählen kann, als Beispiel anführt und mir sagt, dass es auch solche Menschen gebe, dann kann ich nur lachen. Nur der Beste zählt und alle anderen müssen die Rolle der Nebenfigur übernehmen …

Was mein Vater sich wünscht, ist nicht, wie Hawking behandelt zu werden; er möchte sich lediglich an den Haltegriffen in der U-Bahn, die für ihn unerreichbar fern sind, festhalten können. So ein Mensch, der nicht ohne Schamgefühl eine gerechte Forderung stellen kann, ist mein Vater. Ich soll also von mir aus über meinen Vater sprechen? Er sagt bereits mit seinem Körper genug über sich. Soll ich das als Sohn unbedingt noch einmal aussprechen, wie der Extraschuss, um sicherzustellen, dass der andere tot ist? Und wieso höre ich nie, dass jemand sagt: »Mein Vater ist kein Behinderter?« Wieso nicht? Verdammte Scheiße. Wenn ich ihm nur die Rippen nicht gebrochen hätte, hätte ich ihm keinen Krankenbesuch abstatten müssen. Dung-Ju! Warum muss er immer solche Sachen sagen, bei denen ich große Lust bekomme, ihm eine aufs Maul zu hauen? Warum sollte Yun-Ha mich mögen? Auch das beschäftigt mich. Dung-Ju, echt!

Auf dem Weg hierher habe ich gesehen, dass die Wolkendecke komplett aufgerissen ist. Das bringt mich zum Lachen. Völlig grundlos. Wieso ist die Wolkendecke aufgerissen? Normalerweise hängt sie doch zusammen. He, he. Eins – zwei. Eins – zwei – drei. Zwei – eins – zwei. Eins – zwei – eins – zwei. Eins – zwei – drei – vier. Eins – zwei, Cha-Cha-Cha. Drei – zwei, Cha-Cha-Cha.

Der Trainer schlägt mir im Takt von eins – zwei gegen den Kopf.

»Sieht der Sandsack etwa wie deine Freundin aus? Warum tanzt du plötzlich so rum?«

Verdammt ... Das habe ich nicht mal mitbekommen.

»Ist irgendwas Tolles passiert?«

»Nicht, dass ich wüsste, außer einer aufgerissenen Wolkendecke.«

»Wie bitte?«

»Übrigens, nehmen wir etwa keine Mädchen auf?«

»Irgendwas führst du doch im Schilde ... Nein, keine Mädchen, Junge. Tanz nur weiter.«

Den Kopf schüttelnd geht der Trainer in sein Büro.

Der Uppercut klappt und mein Haken kommt auch von ziemlich weit unten. Bei meiner körperlichen Verfassung könnte ich locker die 100-Kilo-Hantel mit einer Hand heben. Ob ich das mal ausprobieren sollte? Ach was, ich kann Yun-Ha schließlich nur ein bisschen leiden ... Mein Gott, warum war die Wolkendecke einfach so aufgerissen und warum bringt mich das immer noch zum Lachen?

»Sag jetzt, ist irgendwas Tolles passiert, dass du so blöd grinsen musst? Hör auf damit und komm mit!«

Ich ziehe mir die Boxhandschuhe aus und folge dem Trainer. Er setzt sich vor einen alten Computer und zeigt mir ein Video von einem Kampf.

»Schau dir das genau an. Ein Angriff muss auch unter Berücksichtigung der eigenen Deckung ausgeführt werden.«

Es ist ein professioneller Kickbox-Wettkampf. Gleich zu Beginn trifft das Schienbein dessen, der einen Middle Kick versucht, mit dem Schienbein des Gegners zusammen und bricht auf der Stelle. Schrecklich!

»Das ist das Resultat, wenn Schienbein gegen Schienbein trifft. Und die Wahrscheinlichkeit ist höher, dass das Schienbein von dem bricht, der kickt. Das ist ungefähr so, als würde das Schienbein gegen eine Reckstange treffen.«

Die aufgerissene Wolkendecke finde ich jetzt nicht mehr lustig.

»Wenn man sich bei einer Attacke übernimmt, passiert genau so etwas. Im Ring musst du immer hellwach sein. Lass dich von nichts um dich herum irritieren, achte ausschließlich auf die Bewegungen des Gegners und die Entfernung zwischen ihm und dir. Und wenn sich eine Chance ergibt, dann bäm!«

Mit einer raffinierten Verteidigung gegen einen starken Schlag kann man den Gegner viel besser entkräften als mit einem starken Schlag, mit dem man zeigen will, wer der Stärkere ist. Wie beim Schachspiel. Eine lückenlose Verteidigung bedeutet die Chance zum Angriff. Ein von vier Seilen umspannter, quadratischer Raum mit jeweils 6,4 Metern Kantenlänge, drei Minuten pro Runde, insgesamt neun Minuten für drei Runden. Gewinne Raum und Zeit für dich.

»Man trägt zwar einen Kopfschutz, aber die Stärke der Schläge ist nicht ohne. Bald ist der Wettkampf, fokussiere dich.«

»Alles klar.«

»Kümmerst du dich um deine Ernährung?«

»Frühstück lasse ich ausfallen, aber zu Mittag und Abend esse ich gut.«

»Iss drei Mal am Tag. Hey, hey, kein Quatsch da im Ring!«, schreit der Trainer dann die Schüler an, die sich wie professionelle Wrestler mit Sprüngen im Ring warmmachen. Es sind Sye-Hyeok und Su-Jong, die in der siebten Klasse sind und mit den Fäusten die Nummer eins an ihrer Schule werden wollen.

»Gestern habe ich einen Kampf gegen jemanden gehabt. Dabei bin ich mit meinen Schritten durcheinandergekommen und wurde ordentlich verprügelt. Stimmt es, dass ich gut kämpfen kann, wenn ich hier Kickboxen lerne?«, fragt Sye-Hyeok mit einem blauen rechten Auge den Trainer.

»Hör zu, Junge. Beim Kämpfen gibt es keine Schritte! Schlag einfach zu!«

»Was?«

Sye-Hyeok schaut fassungslos den Trainer an.

»Schlag zu, bis sich der andere nicht mehr bewegt, und wenn das nicht geht, dann wirf irgendwas nach ihm. Du findest das hinterhältig? Beim Kämpfen gelten andere Regeln.«

Der Trainer geht aus dem Studio.

»Wan-Duk, bist du dir sicher, dass unser Trainer wirklich ein Sportler ist?«, fragt Sye-Hyeok.

»Er bringt doch Sport bei«, antworte ich, schlage Sye-Hyeok einmal leicht gegen den Kopf und nehme das Springseil in die Hand.

»So 'n Scheiß, ich glaub, das hier ist nichts für mich ...« Mit einem Zischen geht Sye-Hyeok zu Su-Jong rüber.

Wieso hat er solche Kinder aufgenommen? Nur weil es ihm so sehr an Mitgliedern mangelt? Na ja, dank dieser Schüler lautet der Name des Studios am Fenster immerhin nicht mehr *ickboxen*, sondern wieder *Kickboxen*. Sye-Hyeok hat mit schwarzem Filzstift ein K hinzugemalt.

Mein Vater ist dabei, an die Schultern seines Tanzjacketts ein paar neue Fransen anzunähen.

»Geh hin.«

»Mi-mi-mit dir zusammen.«

»Wieso mit mir? Geh, solange man dich dort will. Auf dem Marktplatz hast du nichts zu suchen.«

»Zu-zu-zum Marktplatz gehen wir.«

»Der Marktplatz ist ... Überleg es dir noch mal. Ich bin gleich wieder da.«

Vater hängt sein Jackett an einen Kleiderbügel und geht aus dem Zimmer. Seitdem ich mit dem Kickboxen angefangen habe, weicht er meinem Blick aus.

»Was hat Papa gesagt, wo sollst du hin?«

»Zu-zu-zum Marktplatz.«

»…«

Ich frage nicht weiter nach. Wenn mein Onkel etwas nicht mag, heißt das für ihn, dass er es nicht kennt. Wahrscheinlich will ihn jemand zum Tanzen engagieren. Er liebt das Tanzen und die blinkenden Lichter, dennoch will er darauf verzichten, wenn Vater nicht dabei sein darf.

Es war vor etwa zehn Jahren, als mein Vater auf der Straße Flyer für ein neu eröffnetes Tanzlokal verteilte. Er hatte einen Kassettenplayer mit einem kleinen Lautsprecher an der Seite und lief Cha-Cha-Cha tanzend umher. Min-Gu, der damals etwa zwanzig Jahre alt war, folgte meinem Vater. Mein Vater schickte ihn weg, aber Min-Gu folgte ihm immer wieder aufs Neue. Das Spiel wiederholte sich mehrere Tage. Egal, wie viele Male mein Vater ihn wegschickte, er war wieder da und ahmte ihn beim Tanzen nach. Letzten Endes traf sich mein Vater mit der Großmutter von Min-Gu. Und dann nahm er ihn bei sich auf.

Onkel Min-Gu, der aus dem Nichts auftauchte und von Vater das Tanzen lernte, war in allen Angelegenheiten langsam und ahnungslos, aber das Tanzen verstand er auf Anhieb und er war talentiert darin. Er hatte eine gute Figur und sah gut aus. Bloß seine Intelligenz hat sich verzögert entwickelt.

Der Stotterer und der Knirps. Unter diesem Namen blieben Onkel Min-Gu und mein Vater nun zusammen. Für Onkel Min-Gu war mein Vater der einzige Erwachsene, vor dem er keine Angst hatte. Und Onkel Min-Gu war der einzige Erwachsene, der meinen Vater wirklich für einen Erwachsenen hielt.

Ab und zu wird mir wegen dieses dummen Menschen ganz warm ums Herz. Onkel Min-Gu denkt, dass sein Platz im Leben an der Seite meines Vaters ist.

Ich habe meinen Nebenjob bei der Rippchen-Gaststube gekündigt. Der Trainer hat gesagt, dass mein Körper aus dem Rhythmus komme, wenn ich vor dem Wettkampf zwei Tage hintereinander mein Training ausfallen lasse. Statt in der Gaststube zu arbeiten, liefere ich jetzt in der Morgendämmerung Zeitungen aus. Das ist eine relativ gute Arbeit, weil ich mein morgendliches Training damit verbinden kann.

Nun nervt mich Dung-Ju aber damit, dass ich jeden Tag für ihn eine Zeitung klauen solle. »Heutzutage gibt es keine Zeitung, die lesenswert ist. Für eine Zeitung Geld auszugeben, ist reine Verschwendung, also bring mir einfach eine.«

»Lesen Sie die Nachrichten doch einfach im Internet«, meint Hyeok-Ju.

»Schwachkopf! Klemmst du dir etwa den Computer unter den Arm, wenn du kacken gehst?«

»Dann kaufen Sie sich einen Laptop.«

»Kauf du mir doch einen Laptop.«

Dung-Ju gewinnt. Auch Yun-Ha lacht nach langer Zeit wieder. Ich glaube, dass sie früher viel öfter gelacht hat. Allerdings friert in letzter Zeit ihr Gesicht ein, wenn sie mich sieht. Sie sagt nicht mehr, dass sie mir etwas zu erzählen habe, und folgt mir auch nicht mehr. Sie fehlt genauso wenig beim FL. Hat Dung-Ju etwa gesagt, dass Yun-Ha mich mag, um sich über mich lustig zu machen?

»Ich habe Yun-Ha gefragt, ob sie mit mir ins Kino möchte. Aber Mann, ist die hochnäsig«, fängt Hyeok-Ju an. In Jun-Hos erotischem Comic war er Yun-Has Partner.

»Warum willst du mit ihr ins Kino?«

»Warum wohl?«, meint er und streckt den kleinen Finger als Zeichen aus, dass sie seine Freundin ist. Spasti.

Yun-Ha geht aus dem Klassenzimmer. Ich schnappe mir meine Tasche und folge ihr schnell. Sie läuft in Richtung Toilette. Wenn sie es zur Mädchentoilette schafft, ist die Sache gelaufen.

»Hey, Yun-Ha!«

Sie bleibt kurz stehen und dreht sich um. Okay, ich habe sie gerufen, aber was sage ich jetzt?

»Ja?«

»Kann ich mal kurz dein Handy benutzen?«

»Das habe ich im Klassenzimmer gelassen.«

»Ach so.«

Sie will die Mädchentoilette betreten.

»Hey!«

Sie bleibt wieder stehen.

»Was rufst du dauernd nach mir?«

»Leih mir dann wenigstens ein paar Münzen. Ich muss telefonieren.«

»Es gibt doch so viele Vorwahlen, wo der Empfänger zahlt. Soll ich dir eine geben?«

»Ach ja …«

Ich gehe über den Flur in Richtung Ausgang und Yun-Ha verschwindet in der Toilette.

Ich glaube, dass Dung-Ju mich auf den Arm genommen hat. Wo gibt es denn einen Lehrer, der seinen Schüler so hochnimmt? Er ist völlig inkompetent. Es ist eigentlich ein Wunder, dass er noch nicht von der Schule geflogen ist. Und Yun-Ha gefällt mir auch nicht wirklich. Ich glaube, dass es besser gewesen wäre, wenn auch sie die Schule gewechselt hätte. Aber wieso geht sie mir nicht aus dem Kopf? Ich werde noch wahnsinnig. Der Wettkampf steht vor der Tür. Und wieso will eigentlich Hyeok-Ju mit Yun-Ha ins Kino? Gibt es nun den großen und allmächtigen Herrn oder nicht? Ob ich mal wieder in die Kirche gehen und nachschauen soll?

Ich öffne die Tür der Kirche einen Spaltbreit und schaue hinein.

»Hallo, Bruder.«

Es ist lange her, dass ich hier war, aber nichts hat sich seitdem verändert. Denn wieder taucht einfach so wie aus dem Nichts jemand vor mir auf. Es muss an dem Ort liegen, an dem diese Kirche gebaut worden ist. Irgendwas stimmt hier nicht. Immerhin bin ich keine Schwester mehr, sondern ein Bruder. Die Person, die mich angesprochen hat, ist der Student, den ich hier schon mal gesehen habe. Heute hat er die Bibel statt der Gitarre in der Hand.

»Ich heiße Son Du-Seon und bin Missionar.«

»Du bist Missionar?«

»Nur, wenn ich hier bin.«

»Wie bitte?«

»Auf dem Dach steht ein Kreuz, dann muss auch ein Missionar her.« Er zieht grinsend die Augen zu einem Strich zusammen, als ob er sagen wolle: »Du verstehst schon.« Sehr verdächtig. Ich bin mir nicht sicher, ob ich diese Kirche nicht vielleicht irgendwo melden sollte.

»Wieso sprichst du mich nicht mit Schwester an?«

»Ach, du bist eine Frau? Echt?«

»Nein, das nicht. Es ist nur, ach ... nichts für ungut.«

»Suchst du heute wieder jemanden?«

»Nein, ich habe einfach nur so vorbeigeschaut. Ich gehe dann mal wieder.« Ich schließe die Tür hinter mir und gehe auf die Straße.

»Hallo! Hallo!«, ruft eine Oma sehr geheimnisvoll.

»Was gibt's?«

Die Oma zieht mich am Arm die Straße hinunter.

»Geh nicht in diese Kirche. Das ist eine Sekte.«

»Was?«

»Ich bin hierhergezogen und habe in diese Kirche gewechselt. Aber als ich am Sonntag hierhergekommen bin, gab es keine Messe, und ein Missionar, der wie ein Student aussah, hat mir gesagt, dass ich alleine beten solle. Was soll denn das! Überall stehen heutzutage Sektenkirchen! Geh nicht in diese Kirche. Hast du mich verstanden? Lieber Gott, allmächtiger Vater!«

Nachdem sich die Oma die Hand aufs Herz gelegt und Gott angerufen hat, geht sie den Bach entlang die Straße hinunter.

Das kann nicht so weitergehen. Ich muss umziehen. Es wird bestimmt noch was ganz Übles passieren, wenn ich weiter in der Nähe von Dung-Ju bleibe.

Ach, schau sich das einer an. Schon zu spät. Den Bach entlang kommt sie mir entgegen. Ich kann mich nicht vom Fleck rühren.

»Warum haben Sie die abgewaschen? Das wäre nicht nötig gewesen.« Sie redet von den Tupperdosen mit den Beilagen, die ich vor die Tür gestellt hatte, weil ich nicht wusste, wann sie vorbeikommt.

»Vielen Dank«, sage ich.

Sie lächelt, indem sie lediglich die Lippen ein bisschen verzieht. Das macht sie immer so. Warum sie nicht ein Mal breit lächeln kann? Hat sie sich wirklich so viel zuschulden kommen lassen? Dung-Ju lächelt schließlich immer ganz fett, obwohl er andauernd was Schlimmes macht. Die altmodischen Pumps mit den vielen Schleifchen in hellem Rosa hat sie immer noch.

»Ich esse kaum zu Hause, also bringen Sie mir nichts mehr.«

»Sie haben mit Sport angefangen?«

Na klar, Dung-Ju, Berichterstatter der *Wan-Duk Times*.

»Sie werden an einem Wettkampf teilnehmen?«

»Ja, nur zum Spaß.«

»Das wird anstrengend.«

»Geht schon.«

»Ich gehe dann mal.«

Sie geht an mir vorbei.

»Äh, einen Moment noch!«

Sie schaut zu mir zurück.

»Beim nächsten Mal siezen wir uns bitte nicht mehr.«

»Okay.«

Ich weiß nicht, warum sie ihren Sohn siezen muss. Gibt es einen Preis für den Menschen mit den besten Manieren? Jemand aus einem armen Land hat jemand Armen aus einem reichen Land geheiratet, lebt aber nach wie vor in Armut. Sie und mein Vater sind beide arm, dennoch macht sie sich immer klein, weil das Land meines Vaters ein wenig reicher ist als ihres. Eine eingebürgerte Koreanerin, die von den Koreanern dennoch weiterhin als ausländische Arbeiterin behandelt wird; die zu mir kommt, Essen mitbringt, von dem sie nicht weiß, ob ich es esse oder wegwerfe, und wieder verschwindet. Diese Frau geht nun die Straße hinunter.

Ich setze mich in Bewegung. Wie verrückt setze ich mich in Bewegung. Vorwärts. Ohne dass ich es will. Wegen der alten Pumps mit den Schleifchen in hellem Rosa. Ich renne ihr nach.

»Gib mir die.« Ich schnappe mir die Beilagen-Tupperdosen.

Mit weit geöffneten Augen schaut sie mich an.

»Komm mit.«

Ich gehe vor und steuere den Weg zum Markt vor der Bushaltestelle an. Ich sollte in ein großes Kaufhaus gehen, das würde ordentlich was hermachen, aber mit meinem Lohn muss ich den Mitgliedsbeitrag für das Sportstudio zahlen. Daher geht es nicht anders. Ich betrete den ersten Schuhladen, den wir finden.

»Komm rein.«

»...«

»Na, komm doch rein.«

Zögernd betritt sie den Laden.

»Was ist deine Schuhgröße?«

»Ich brauche nichts.«

»Was deine Schuhgröße ist!«

Sie zögert.

»Etwa 37?«, mischt sich die Ladenbesitzerin ein.

»Dann zeigen Sie mir bitte ein paar Schuhe der Größe 37.«

»Nein! 36 ist meine Größe«, sagt sie, mit der Hand unbeholfen herumwedelnd.

»Zeigen Sie uns welche mit Absatz. Keine flachen wie diese.«

»Sie kommt wohl von drüben. Du siehst ihr aber ziemlich ähnlich.«

Die Ladenbesitzerin hat »von drüben« gesagt.

Ich nehme ein Paar schwarze Schuhe mit je einer kleinen glänzenden Schleife. Der Absatz scheint etwa sieben Zentimeter hoch zu sein.

»Probier die mal an.«

Sie zögert erneut.

»Nimm sie einfach, wenn er dir was schenken will. Er hat eine gute Wahl getroffen. Aber woher kennt ihr euch denn?«, fragt die Ladenbesitzerin.

Daraufhin zieht die »von drüben« schnell die Schuhe an.

»Die stehen dir gut«, sagt die Ladenbesitzerin. Daraufhin zieht die Frau, die mir ähnlich sehen soll, die Schuhe wieder aus.

»Lass sie an.«

»Woher kennt ihr euch denn nun? Herrje, warum ist sie so nervös?«, fragt die Ladenbesitzerin und forscht in ihrem Gesicht.

»Wir sind nur ...«

Sie hat »Wir sind nur« gesagt.

»Wie viel kosten die?«, erkundige ich mich schnell.

»Eigentlich 25 000 Won, aber gib mir einfach 23 000.«

Ich drücke der Ladenbesitzerin schnell 25 000 Won in die Hand und verlasse das Geschäft. 2000 Won sind Trinkgeld. Aber die »von drüben« kommt mit 2000 Won in der Hand aus dem Laden. Auch die alten Pumps hat sie in der Hand.

»Hier.« Sie überreicht mir die 2000 Won und ich drücke ihr die Tupperdosen in die Hand.

»Danke ...« Ihr Kinn zittert entsetzlich. Tränen fließen bis zum Kinn herunter und bleiben dort einfach hängen.

»Die Beilagen sind zu salzig. Ich esse nicht so salzig.«

Sie strahlt. Sie besitzt die Fähigkeit, beim Weinen zu lachen. Ich vermute, dass sie sich beim Kochen daran erinnert hat, dass mein Vater sehr salzig isst, und wohl angenommen hat, dass auch ich so essen würde. Allerdings hat mein Vater noch gar nicht von ihrem Essen probiert. Stattdessen hat Dung-Ju einiges davon gegessen.

Es ist eine riesige Entfernung, die zwischen Vater und ihr liegt. Und irgendwo dazwischen stehe ich. Dort, wo ich jetzt bin, scheint mein Platz zu sein. Ich schaue ihr nach, wie sie in den Bus steigt, und dann renne ich ins Sportstudio.

»Mein Mitgliedsbeitrag.« Ich werfe den Umschlag mit dem Geld auf den Schreibtisch des Trainers und gehe schnell zum Seilspringen. Ich führe wirklich gewissenhaft Doppeldurchschläge aus, aber der Trainer nähert sich trotzdem.

»Wieso hast du diesen Monat nicht den vollen Mitgliedsbeitrag bezahlt? Ich schreibe dir das in meiner Buchhaltung an.«

»Alles klar.«

Was bleibt mir denn anderes übrig? Ich muss schließlich die Menschen um mich herum ernähren. Eine Schweinerei, dass ich bis aufs letzte Hemd ausgezogen werde. Wie können alle nur … Es wäre nicht schlecht, wenn ich mehr Zeitungen ausliefern könnte.

»Halten Sie mir bitte die Pratze hin, wenn ich mit dem Seilspringen fertig bin.«

»Erst machst du Schulden und dann wirst du auch noch frech. Gib dir nicht zu viel Mühe. Am Wettkampf nimmst du nur teil, um zu verlieren.«

Ich hab keinen Bock mehr. Am Wettkampf teilnehmen, um ihn zu verlieren …

Worte, die im Hals stecken bleiben

»Nach den Ferien kommt ihr ins zweite Jahr. Nutzt die Zeit und macht, was euch Spaß macht, anstatt nach den Ferien zu bereuen, es nicht getan zu haben. Wer seine Freizeit gut zu nutzen weiß, ist auch in allen anderen Dingen gut. Ich rede also nicht von den Schwachköpfen, die auf den Boden spucken und auf der Toilette ein ganzes Tabakfeld wegrauchen. Ende der Durchsage!«

»Alles klar, Herr Lee!«

Mit den Stühlen über den Boden scharrend gehen wir aus dem Klassenzimmer. Unter uns befindet sich auch Yun-Ha. Ich laufe ihr schnell nach.

»Yun-Ha, kann ich kurz mit dir reden?«

Mit zugekniffenem Mund schaut sie mich an. »Schaffst du eine in Seoul?«

»Eine was?«

»Ob du eine Uni in Seoul schaffen kannst?«

»Ich habe nicht vor, auf die Uni zu gehen.«

»Ich aber. Und unbedingt eine in Seoul. Also sprich mich nicht wieder an.«

Ist bei ihr eine Schraube locker geworden, seitdem sie bei der letzten Klausur den Platz als Klassenbeste abtreten musste?

»Bin ich etwa kein Mensch mehr, wenn ich nicht auf die Uni gehe? Schau nicht so von oben auf mich herab!«

Yun-Ha dreht sich blitzschnell um und kommt wieder zu mir.

»Sehr witzig. Du hast doch auf mich herabgeschaut.«

»Wann?«

»Wann? Wann!«, schreit sie.

Hyeok-Ju, der gerade an uns vorbeigeht, blickt uns abwechselnd an.

»Was soll dieses Liebesdrama hier auf dem Flur? Seid ihr zusammen?«

»Ja, ich bin mit ihr zusammen, Arschloch!« Yun-Ha wird rot und rennt weg.

»Wow, ständig spielst du dich so auf und trotzdem hast du dir gar kein schlechtes Mädel geangelt«, sagt Hyeok-Ju, klopft mir einmal auf die Schulter und fügt noch hinzu: »Oh Mann, mein Mädchen aus dem Comic ... Da sind wir so richtig zur Sache gegangen. Und jetzt wird sie mir von Wan-Duk weggeschnappt.« Zur Seite geneigt, als ob er schwer getroffen wäre und gleich umkippen würde, rennt er davon.

Mein Gott, dieser Spasti! Ich laufe schnell Yun-Ha nach.

»Hey! Wann habe ich auf dich herabgeschaut? Wann?«

»Du hast mich ernsthaft gefragt, ob ich Zeit habe, und dann hast du mich in ein Gefängnis ausgeführt. Und ich durfte verschwinden, sobald du deine Sache erledigt hattest! Für wen hältst du dich überhaupt?«

»Das ist doch aber schon lange her.«

»Ob lange her oder nicht, das ist jetzt egal. Alles in Ordnung.« Yun-Ha dreht sich abrupt um und rennt weg. Obwohl sie gar nicht rennen kann.

Ich renne hinterher und stelle mich vor sie: »Für mich ist das nicht in Ordnung!«

Sie wirft mir einen bösen Blick zu. »Nicht in Ordnung also. Und deswegen willst du was machen?«

»In der Kirche, da gibt es einen neuen Missionar. Komm mit mir dahin.«

»Geh alleine, sooft du willst!« Sie rennt wieder weg. Oder watschelt eher. Es würde ihr nicht schaden, zu uns ins Studio zu kommen und etwas Sport zu treiben.

»Das ist ein guter Treffpunkt. Wir sehen uns später um sechs! Nicht vergessen!«

Die ganze Zeit während des Trainings geht mir Yun-Ha nicht aus dem Kopf. Das ist gar nicht gut, denn bald findet der Wettkampf statt. Ob es vielleicht keine gute Idee war, ihr vorzuschlagen, sich mit mir zu treffen, weil es eigentlich nichts gibt, was ich ihr unbedingt sagen muss? Was mache ich, wenn sie nicht kommt? Sie muss mit dem Bus herkommen.

Egal, ob sie nun kommt oder nicht, ich gehe in die Kirche.

Yun-Ha ist bereits da und sitzt in der ersten Reihe. So wie sie dasitzt, scheint sie zu beten. Will sie vielleicht ... Mich? Ich lasse mich neben ihr auf die Bank fallen.

»Du bist also gekommen.«

»Hast du nicht gesagt, dass es hier einen neuen Missionar gibt?«

»Ja, aber du musst wissen, dass das hier eigentlich eine Sekte ist.«

»Also kein guter Treffpunkt, wie du behauptet hast?«

»Ein guter Treffpunkt, um mit dir zusammen zu sein.« Ich staune über meine eigenen Worte! Hm, wie kann ich nur so was Kitschiges sagen?

Yun-Ha wird rot. »Wow, unglaublich! So was kannst du also auch sagen?«

»Hier wird nicht geheizt. Gehen wir.«

»Wo willst du hin?«

»In mein Sportstudio. Dort gibt es einen Ofen, da ist es warm.«

Ich stehe auf.

»Warum treiben Sie in meiner Kirche Ihr Liebesspiel, liebe Schwester und lieber Bruder?«

Dung-Ju. Wie immer die Bibel in der Hand.

»Herr Lee, was machen Sie hier…?«, fragt Yun-Ha mit weit aufgerissenen Augen.

»Ich bin während der Schulferien Missionar.«

»Was?«

»Warum bist du so überrascht, Bruder Schwachkopf? Siehst du zum ersten Mal in deinem Leben einen Missionar?«

In der Tat, so einen wie ihn sehe ich zum ersten Mal. Ich werfe einen Blick auf das Jesusbild, das schief hängt. Was hat es zu bedeuten, dass Dung-Ju aus heiterem Himmel Missionar geworden ist? Was hat diese Kirche nur für Geheimnisse?

»Ist das hier wirklich eine Kirche?«

»Natürlich! Siehst du das Kreuz nicht? Hier, die Bibel.«

»Aber … wie kann eine Kirche …«

»Geht jetzt. Heute haben wir eine wichtige Besprechung. Verschwinde jetzt. Ich muss die Tür abschließen.«

Von Dung-Ju gedrängt verlassen Yun-Ha und ich die Kirche, ohne verstanden zu haben, was gerade passiert ist.

»Yun-Ha, wieso hängst du mit so einem Schwachkopf rum? Hyeok-Ju wäre eine viel bessere Wahl!«, schreit Dung-Ju, den Kopf durch den Türspalt geschoben.

Mein Fehler, dass ich in solch eine Kirche gegangen bin, um zu beten. Mist! Ich spucke drei Mal zu Boden.

»Komm!«

Yun-Ha folgt mir kichernd.

»Wer ist das?«, fragt der Trainer und deutet mit dem Blick auf Yun-Ha, die nur mit Ach und Krach eine lächerliche 1-Kilo-Hantel hochbekommt.

»Aus meiner Klasse.«

»Wieso ist sie hier?«

»Sie will abnehmen«, antworte ich, während ich den Punchingball schlage. Ich möchte dabei gut aussehen, aber weil der Trainer mir pausenlos Fragen stellt, schlage ich ein paar Mal ins Leere.

»Ist das hier ein Fitnessstudio?«

»Sagen Sie ihr dann, dass sie gehen soll.«

»Junge, Junge ...«

Der Trainer schlägt mir einmal auf den Kopf und geht in sein Büro.

»Oho! Wen haben wir denn da?«

Sye-Hyeok und Su-Jong, die zielstrebig auf den Muskelaufbau hinarbeiten, um mit den Fäusten die Nummer eins an ihrer Schule zu werden, betreten das Studio. Sye-Hyeoks Blick auf Yun-Ha sieht sehr verdächtig aus.

»Wer bist du? Wirst du hier trainieren?«, fragt Sye-Hyeok.

»Ich bin Yun-Ha und eine Freundin von Wan-Duk. Ich bin nur so gekommen.«

»Oh Mann! Warum bist du denn mit so einem befreundet? Du bist aber nicht seine Freundin, oder?«

Yun-Ha lächelt kurz. Was soll dieses Lächeln heißen? Mein Fehler, dass ich sie hierhergebracht habe.

»Komm«, sage ich zu ihr und wende mich dann an den Trainer: »Ich begleite sie kurz raus und bin gleich wieder da.«

Yun-Ha folgt mir.

»Yun-Ha, komm bitte wieder! Und bring dann was Leckeres mit!«, sagt Sye-Hyeok.

Ich werfe den Jungs einen bösen Blick zu. Die beiden beginnen auf einmal mit den Hanteln zu üben, als ob sie seit Stunden nichts anderes getan hätten.

»Darf ich wiederkommen?«

»Warum solltest du?«

»Die Jungs haben gesagt, dass ich wiederkommen soll.«

»Auf keinen Fall. Diese Dummköpfe sind ein schlechter Umgang für dich«, antworte ich und schicke sie nach Hause.

Aber sie kommt die gesamten Ferien über ins Sportstudio und bringt immer Häppchen mit.

Wenn man jetzt Dung-Ju sieht, könnte man meinen, dass er in der Kirche wohnt. Außerdem vermehrt sich die Zahl ausländischer Arbeiter stets weiter.

»Wieso machen Sie damit immer weiter, obwohl Ihr Vater dagegen ist?«

»Und wieso machst du immer weiter mit dem Kickboxen, obwohl dein Vater dagegen ist?«

»Damit schade ich meinem Vater nicht.«

»Ich schade meinem auch nicht.«

»Darf ich Sie etwas fragen?«

»Was?«

»Sind Sie wirklich ein Missionar?«

»Das habe ich nur so gesagt. Hast du mir etwa geglaubt?«

»Seien Sie ganz ehrlich. Das hier ist doch nicht wirklich eine Kirche, oder?«

»Es war eine Kirche, Schwachkopf. Nur dass die Kirche in ein größeres Gebäude gezogen ist und ich das hier gekauft habe. Also gehört es nun mir, ich habe übrigens mein ganzes Geld dafür aufgewendet.«

Ich wusste es doch! Es ist keine Kirche. Es ist eine Kirche, nein, ein Gebäude, das Dung-Ju, der nur arm an Worten, sonst aber reich ist; mit seinem eigenen Geld gekauft hat. Er sagt, dass er ein Kreuz zur Schau gestellt habe, damit dort ausländische Arbeiter einen Zufluchtsort haben, an dem sie nicht behelligt werden. Denn selbst die Bewohner ärmerer Viertel haben etwas dagegen, wenn sich bei ihnen Ausländer niederlassen. Zumindest bei einer Kirche gebe es keine Proteste. Das Haus mit dem Kreuz ist also ein als Kirche getarnter Treffpunkt für ausländische Arbeiter.

»Im Februar hast du deinen Wettkampf?«

»Genau.«

»Und deine Mutter kümmert sich gut um deine Ernährung?«

»Ja.«

»Sie kommt von weit her, lass also nichts übrig.«

Du frisst doch alles auf, wie kann ich da was übriglassen?

»Ihr Vater ist ziemlich alt. Wie wäre es, wenn Sie etwas netter zu ihm wären?«

»Sei du lieber nett zu deinem Vater. Übrigens waren die Rippchen vom letzten Mal zu zäh. Sag deiner Mutter, dass sie die Metzgerei wechseln soll. So, ich gehe dann mal.«

Dung-Ju verschwindet in seiner Wohnung. Es ist schrecklich kalt.

Ich habe jetzt eine Managerin. Ich habe nie davon gesprochen, aber Yun-Ha hat sich eines Tages zu meiner Managerin erklärt und stellt sich seitdem als solche vor. Sie taucht wie aus dem Nichts auf und sagt, sie wolle mir die Pratze hochhalten, obwohl sie unglaublich schwach ist. Da kann man nur den Kopf schütteln.

»Ein Tritt von mir und du fliegst hundert Meter weit. Geh aus dem Weg.«

»Streck dein Knie vollständig durch und tritt zu.«

Ich lache mich tot. Ich strecke mein Knie durch und trete. Ich kann nicht mit voller Kraft treten, weil es sonst gut möglich ist, dass Yun-Ha tatsächlich wegfliegt.

»Spinnst du? Das soll ein Kick sein? Mann, der Wettkampf ist bald!«

Kick. Diesmal mit voller Kraft. Und jetzt tritt Yun-Ha schwankend einen Schritt zurück.

»Geh aus dem Ring.«

»Das ist schwieriger, als es aussieht«, sagt Yun-Ha, schüttelt ihren Arm, als ob sie Schmerzen im Handgelenk hätte, und verlässt den Ring.

Lachend steigt der Trainer in den Ring.

»Junge, seit wann darf ein Mann eine Frau so schlagen?«

»Sie wollte es so.«

»Ein Gentleman bist du schon mal nicht. Lang ist's her, dass wir eine Runde gekämpft haben. Also los. Yun-Ha, du bist unsere Ringrichterin.«

Sye-Hyeok stellt sich zu mir in die Ringecke und Su-Jong in die des Trainers. Sie glauben, die Rolle unseres Trainers spielen zu müssen. Yun-Ha steigt wieder in den Ring. Danach kontrolliert sie uns von Kopf bis Fuß und tut so, als hätte sie wirklich Ahnung. »Fight!«, sagt sie dann und tritt zurück.

Der Trainer bewegt sich sehr schnell. Gegen seine rasch aufeinanderfolgenden Jabs ist meine Verteidigung nutzlos. Endlich versuche ich es mit einem Aufwärtshaken und einem Haken, aber damit kann ich den Trainer nicht treffen, sondern male lediglich Kreise in die Luft. Er greift mich am Kopf, Rumpf und an den Beinen an, auf jeder Höhe. Beim Versuch, mich wegzuducken und dann einen Kick anzubringen, kommt vom Trainer entweder ein schneller Jab oder ein Kick. Na gut, dann eben ein richtiger Kick! Es wird sich auf jeden Fall eine Chance ergeben. Ich drehe mich im Ring weiter im Kreis.

»Buh ...«, pfeift Su-Jong mich aus und wedelt mit dem Handtuch. Egal. Diese Buhrufe werden sofort abreißen, wenn mir ein richtiger Kick gelingt.

Jetzt! Auf meinen angetäuschten Schlag hin wird der Trainer stutzig. Ich verlagere mein Gewicht auf den großen Zeh, damit mein Standbein nicht wackelt. Der Kampf wäre sofort beendet, wenn ich meinen Fuß durch Drehung des Knies in die Magengegend des Trainers versenken könnte. Allerdings dreht sich der Trainer raus, bevor ich mein Knie in seine Richtung bringen kann. Mein Tritt saust durch die Luft, wodurch mein Standbein wackelt. Anschließend trifft mich ein Low Kick des Trainers. Ein Low Kick mit 360 Grad Drehung. Ich glaube, dass mein Oberschenkel zerteilt wird. Augenblicklich gehe ich auf die Knie. Sofort will ich wieder aufstehen, aber ich habe keine Kraft in meinen Beinen. Ich erlebe zum ersten Mal, dass mir nach einem Schlag auf den Oberschenkel die Luft wegbleibt. In diesem Moment fällt ein weißes Handtuch vor meinem Gesicht zu Boden. Yun-Ha. Woher nimmt sie das Recht, das Handtuch zu werfen?

»Ist alles in Ordnung?«

»Lass mich!«

Nichts ist in Ordnung und mir ist die ganze Sache total peinlich. Und ich bin sauer. Wann hat der Trainer, dieser alte Fuchs, überhaupt trainiert, dass er solch einen starken Low Kick hinbekommt? Weiter auf den Knien, hämmere ich mit der Stirn gegen den Boden.

»Du warst gut. Du hast gewonnen«, sagt der Trainer und zieht dabei seine Handschuhe aus.

Mir bleibt die Spucke weg.

»Du trittst diesen Wettkampf an, um ihn zu verlieren. Du hast gerade geübt, wie man verliert. Deswegen hast du den Kampf gewonnen.« Der Trainer lacht vergnügt und steigt aus dem Ring.

Ich fürchte, dass bald der Tag kommen wird, an dem ich in die Kirche, Dung-Jus Obdach, was auch immer, gehe und wegen des Trainers bete. Ich werde bei diesem Wettkampf siegen. Darauf kannst du dich verlassen!

»Beobachte die Bewegungen deines Gegners, statt nur den Bereich anzuschauen, wo du angreifen könntest. Einen Angriff zu blocken, ist viel sinnvoller, als anzugreifen. Geh und arbeite an deinen Bauchmuskeln.« Der Trainer geht in seinen Latschen schlappend ins Büro.

Ich mache eine Pause und lege mich auf die Sit-up-Bank.

Yun-Ha setzt sich neben mich in die Hocke. »Fängst du jetzt schon an? Mach erst mal eine Pause.«

»Hab ich schon.«

»Du siehst immer noch blass aus. Ich glaube, dein Kreislauf ist nicht optimal.«

»Der ist optimal.«

Ich klemme meine Füße unter die Stange und fange mit den Sit-ups an. Während ich meinen Oberkörper anhebe, schlage ich Jabs gegen den Punchingball, der vor mir hängt. Dieses moderne Sportgerät, das nicht in das extrem alte Studio passt, ist eine Spende Dung-Jus. Warum er es gespendet hat, weiß ich nicht. Jedenfalls erwähnt der Trainer die Gebühr nicht mehr, die ich noch zu zahlen habe. Jedes Mal, wenn ich den Oberkörper anhebe, habe ich extreme Schmerzen in meinem Oberschenkel.

»Tut dir der Oberschenkel sehr weh? Es sah nicht so aus, als hätte er dich stark getreten.«

»Bekomm du das selber mal ab.«

»…«

… zweiundzwanzig, dreiundzwanzig, vierundzwanzig … Mit dem Oberschenkel ist wirklich was nicht in Ordnung.

»Du solltest Aal essen.«

»Was?«

»Steht in der Zeitung. Lee Seung-Yeob isst Aal.«

»Bin ich ein Baseballspieler?«

Mein Gott, sie ist die Beste in unserer Klasse und kann Baseball und Kickboxen nicht auseinanderhalten?

»Es geht um Sportler, also kann es doch sein, dass für alle dasselbe gut ist, oder nicht?«

Soll ich etwa mit einem Baseballschläger in den Ring steigen? ... dreiunddreißig, vierunddreißig ...

»Dein Hintern bleibt nie auf der Bank.«

Ich kriege heftige Kopfschmerzen wegen dieser Yun-Ha, die lediglich weiß, wie man mit dem Mund Sport treibt. Ich stehe von der Sit-up-Bank auf.

»Was? Du bist ein Sportler und schaffst gerade mal lächerliche fünfunddreißig Sit-ups?«

»Genau!«

»Tut es dir sehr weh, wo du vom Trainer erwischt wurdest?«

»Ja, ja, ja! Mein Gott, warum du so viel reden musst ... Ich will mich konzentrieren. Kon-zen-trieee-ren!« Ich schnappe mir das Handtuch, das Yun-Ha um die Schultern hängt, und trockne mir den Schweiß ab. Heute kann ich das mit dem Sport voll vergessen.

»Ich gehe jetzt«, sage ich dem Trainer und verlasse das Studio.

»Ich gehe auch. Wiedersehen!«

Yun-Ha folgt mir schnell.

»Hast du nicht gesagt, dass du auf die Seoul Universität oder eine andere Uni in Seoul willst? Kannst du da trotzdem jeden Tag hierherkommen?«

»Mach dir darüber keine Sorgen. Ich weiß, was ich tue.«

Ob sie auf eine Uni geht oder nicht, das geht mich nichts an. Allerdings würde ich mich nicht gerade superglücklich fühlen, wenn ich hören würde, dass sie es nicht auf die Uni geschafft hat, weil sie andauernd im Sportstudio gewesen war.

Der Wind an diesem Januarabend ist stark und schneidend. Ich finde es nicht schlecht, dass Yun-Ha trotz Kälte jeden Tag ins Sportstudio kommt. Sollte ich deshalb ein schlechtes Gewissen haben? Ehrlich gesagt habe ich keins. Es gibt keinen Grund, warum es mir missfallen sollte, wenn sie nicht kommen würde. Allerdings würde es mir tatsächlich nicht gefallen.

Yun-Has Nasenspitze ist rot. Ich wickle das Handtuch, das ich um meine Schultern hatte, um ihren Hals und ziehe es ganz fest zu.

»Aua! Was machst du denn da?«

»Dein Schal. Dein Bus kommt, lauf schnell.«

»Massiere dir den Oberschenkel mit einem heißen Tuch, wenn du zu Hause bist, und mach auch etwas Schattenboxen.«

Sie hat wirklich viel aufgeschnappt. Wenn ich ihr dabei zusehe, wie sie watschelnd davonrennt, dann spüre ich bis tief ins Mark, dass Sport wirklich nicht mit Worten zu betreiben ist.

Nachdem sie in den Bus gestiegen ist, gehe ich den Bach entlang die Straße hinunter und mache etwas Schattenboxen. Eigentlich mag ich Schattenboxen im Freien überhaupt nicht. Es ist peinlich und die Leute, die mir über den Weg laufen, scheinen auch nicht viel davon zu halten. Es sieht wie die Angeberei von Leuten aus, die gerade mit Sport angefangen haben. Ich mache es trotzdem. Weil mich Yun-Ha von der letzten Sitzreihe im Bus beobachtet.

Der Tico meines Vaters steht in der Gasse. Er hat mir nicht gesagt, dass er heute nach Hause kommt… Und sie wollte kommen. Vorsichtig steige ich die Treppen hoch.

»Wa-Wa-Wan-D-D-Duk…«, stottert mein Onkel eindeutig noch mehr als gewöhnlich. Da er an so einem kalten Tag draußen steht, scheint das eingetreten zu sein, was ich mir gedacht habe.

»Ihr habt nichts davon gesagt, dass ihr heute kommt.«

Mein Onkel blickt permanent zur geschlossenen Tür.

»Ei-ei-eine Frau ist da.«

»Wieso stehst du hier draußen?«

»F-f-fremde Person ...«

»Gehen wir rein, es ist kalt.«

Ich betrete die Wohnung. Onkel Min-Gu, der nicht einmal eine Jacke anhat, reibt sich die Arme und kommt ebenso rein.

»Ich hatte mir gewünscht, dass du ein Ehemann wärst, auf den ich hätte stolz sein können, auch wenn wir arm waren.«

Ich höre ihre Stimme aus dem Zimmer. Ich kann nicht einfach so die Tür öffnen.

»Deswegen habe ich dich gehen lassen.«

»Nein, ich bin gegangen.«

»Ja, du bist gegangen.«

»Ich konnte nicht verstehen, warum du dich mit diesem komischen Tanz von den Leuten hast verachten lassen.«

»Niemand versteht mich. Vielleicht will mich aber auch niemand verstehen.«

»Wegen Wan-Duk hat es mir leidgetan, wegen dir nicht.«

»Mir geht's genauso.«

»Ich wollte ihn schon früher besuchen, aber du bist umgezogen und hast deine Arbeitsstelle gewechselt. Ich dachte, dass du zumindest eine Telefonnummer hinterlassen würdest ...«

»Warum nach uns suchen, statt alleine glücklich zu werden? Mir hat's auch nicht gefallen, dass die Leute dich schlecht behandelt haben.«

»Verstehst du mich immer noch nicht? Ich bin nicht wegen der anderen Leute gegangen, sondern wegen dir! Du greifst beliebig nach der Hand anderer Frauen, tanzt mit ihnen und alle fassen dich einfach so an ...«

»Deswegen hast du deinen Sohn, der noch so klein war, einfach verlassen?«

»Ich habe gedacht, dass für ihn der koreanische Vater besser ist als eine ausländische Mutter.«

»Aber wieso tauchst du jetzt andauernd auf?«

»Weil ich weiß, wo mein Sohn ist.«

»Denkst du, dass du jetzt die Rolle seiner Mutter spielen kannst, nur weil du ihn zur Welt gebracht hast?«

»Auch du hast dich nicht gut um ihn gekümmert.«

»Was?«

»Weißt du, dass er keine Freunde hat? Ich habe gehört, dass er ständig alleine ist. Meinst du etwa, es reicht, dass man gelegentlich vorbeischaut, dem Kind ein wenig Taschengeld gibt und genug Essen in den Kühlschrank stellt? Ein Kind, das alleine isst und sogar den Abwasch und die Wäsche erledigt. Wenn ich gewusst hätte, dass es so weit kommen würde, wäre ich bei ihm geblieben, auch wenn ich dich nicht leiden konnte!«

»…«

»Lass ihn seinen Sport machen.«

»Ich werde nicht zulassen, dass auch er sein Leben im Schatten dieser Welt führt.«

»Bisher, ja bisher hat er das gemacht und erst jetzt kommt er langsam aus dem Schatten heraus. Siehst du das nicht? Lass ihn das machen, was er möchte und was er am besten kann.«

»…«

»Er kann nicht sagen, wenn ihm etwas nicht gefällt, und auch nicht, wenn er krank ist, habe ich gehört. Oder eher, er will es einfach nicht sagen. Er frisst alles in sich hinein und führt sein Leben einfach weiter. Und offenbar spricht er den ganzen Tag kein einziges Wort, wenn ihn keiner anspricht.«

»Wer hat das gesagt?«

»Sein Lehrer.«

»Der mischt sich tatsächlich in alles ein.«

»Seine Worte mögen etwas ungehobelt sein, aber sein Herz ist gut.«

»Ich habe ihn unter so vielen Mühen ganz alleine großgezogen und jetzt kommen alle und wollen ein Dankeschön von mir.«

»Sein Lehrer will keinen Dank von dir, er zeigt dir lediglich, was du bisher nicht gesehen hast.«

Ich klopfe an die Tür. Es gibt keinen Grund, dem Gespräch von draußen weiter zuzuhören.

»Ich bin's.«

»Komm rein«, antwortet mein Vater und ich öffne die Tür.

»Schön, dass du gekommen bist«, sage ich und schaue sie und meinen Vater schnell abwechselnd an. So ist nicht ganz klar, wen ich gegrüßt habe.

Mit einem unbeholfenen Lächeln im Gesicht kommt nun auch Onkel Min-Gu ins Zimmer und setzt sich neben Vater. Ob ich neben ihr Platz nehmen soll? Die Beklommenheit lässt das ohnehin kleine Zimmer noch kleiner erscheinen.

Ich setze mich bei der Tür hin. Dass ich mir wegen eines Sitzplatzes den Kopf zerbrechen muss! Wie ich so was hasse.

»Gegessen ...?«, fragt sie mich.

»Noch nicht.«

Sie steht auf der Stelle auf.

»Im Moment habe ich keinen Hunger.«

»Trotzdem, nach dem Training ...«

»Ich mache mir später was.«

»Ruh dich aus. Ich koche schnell Abendessen.«

»Bist du nach Korea gekommen, um zu kochen?«, frage ich, bevor ich mich versehe.

Das Räuspern meines Vaters dröhnt durch das stille Zimmer und hebt die beklommene Stimmung im Raum noch deutlicher hervor als meine Worte.

»Ich wollte, dass wir zumindest mal eine Mahlzeit zusammen essen können ...«, sagt sie lächelnd.

Gelegentlich tut ein Lächeln mehr weh als Tränen. Die Leute, die über den Tanz meines Vaters lachten. Mein Vater, der dieses Lachen mit einem Lachen beantwortete. Onkel Min-Gu, der sich nicht wesentlich von meinem Vater unterscheidet ... Und das Lächeln von ihr jetzt gerade.

»Ich gehe einkaufen«, sagt sie und geht aus der Wohnung.

»Geh mal mit, sie kennt den Weg nicht so gut«, sagt Vater.

»Alles klar.«

Zum zweiten Mal bin ich jetzt zusammen mit ihr unterwegs in einen Laden. Sie wollte mich mit Händen und Füßen davon abhalten und sagte, dass sie alleine einkaufen könne und ich zu Hause auf sie warten solle, aber ich bin trotzdem mitgegangen. Denn ich dachte, dass das Gespräch, das ich zu Hause mit meinem Vater hätte führen müssen, kein Vergnügen gewesen wäre.

Am Abend, wenn die Sonne verschwunden ist, ist es auf dem Gehweg den Bach entlang wirklich kalt. Die Kälte, die von den Pflastersteinen ausgeht, lässt mich an den Füßen frieren und der Wind von den vorbeifahrenden Autos bringt meine Hände in den Jackentaschen zum Erstarren.

»Du hast eine Freundin?«

Dung-Ju, der Berichterstatter der *Wan-Duk Times*.

»Ich habe auch mal in einer Gaststube gearbeitet. Obwohl ich nur die Holzkohle an die Tische gebracht habe«, sage ich.

»Sie ist gut in der Schule und auch hübsch.«

»Ist die Arbeit dort nicht zu anstrengend für dich?«

»Sei nett zu ihr. Frauen können auch durch Kleinigkeiten verletzt werden.«

»Nur zwei Tage frei im Monat, ist das nicht zu wenig?«

Am Rand ihrer Augen mit den tiefen Lidfalten bilden sich

mehrere Fältchen. Sie werden immer dann tiefer, wenn sie lächelt.

»Die Metzgerei da bietet Suppenhühner an, siehst du das?«

Mit Suppenhühnern meint sie Hühner, die so lange gelebt haben, wie die Natur es für sie vorgesehen hat. Ich nenne diese Hühner Gummihühner, weil deren Fleisch unglaublich zäh ist. Ich bin mir sicher, dass mir jeder, der dieses Huhn einmal probiert hat, zu hundert Prozent zustimmt.

Sie betritt die Metzgerei, die sich an der Einfahrt zum Markt befindet.

»Was darf's denn sein?«

»Was kosten die Suppenhühner?«

»5 000 Won für drei Stück.«

»Dann nehme ich die und noch etwas Schweinenacken.«

»Wie klein darf ich die Hühner schneiden?«

»Ich werde sie ganz kochen, geben Sie sie mir bitte so.«

Drei riesige Hühner; wer soll das alles essen? Wieso sie nicht einfach ein normales Huhn, sondern so viele Gummihühner kaufen muss? Sie ist genauso wie mein Vater. Oder möchte sie, dass wir satt werden, auch wenn es nur von billigem Fleisch ist, da sie nicht so viel verdient? Auch wenn das so sein sollte, ich mag diese Gummihühner einfach nicht. Wir verlassen die Metzgerei.

»Ich glaube, wir brauchen nicht so viel Huhn. Wieso nicht lieber ein normales …?«

»Ich habe sie nicht gekauft, weil sie billig sind. Dein Vater mag sie. Hast du das nicht gewusst?«

Oh nein! Er hat es also immer ernst gemeint, wenn er sagte, die schmecken ihm gut, während er unter großen Anstrengungen an ihnen herumnagte. Was wird jetzt aus meinem Schwur, ihm ein zartes, leckeres Huhn zu kaufen, wenn ich später mal viel Geld verdiene? Heißt das etwa auch, dass die zähen Rippchen, die sie bisher mitgebracht hat …

Ich habe überhaupt keine Ahnung, was sie eigentlich will. Kann es sein, dass das Essen, das sie mir mitgebracht hat, nicht für mich gedacht war? Obwohl sie ihn offenbar verlassen hat, weil sie ihn nicht mehr leiden konnte …

Gebratenes Schweinefleisch in scharfer Chilisoße, gekochtes Huhn mit Ginseng und Beilagen füllen den Tisch. Da wir noch nie so viele Sachen auf einmal ausgebreitet haben, müssen wir uns von Dung-Ju einen Esstisch ausleihen. Und der isst auch mit. Vor ihm steht eine Schüssel mit einem halben Huhn.

»Ich habe genug gekocht, essen Sie bitte, so viel Sie möchten«, sagt sie mit einem schüchternen Lächeln.

»Ich hatte ohnehin Lust auf heiße Suppe, weil es draußen so kalt und windig ist«, sagt Dung-Ju, der wirklich die Unverschämtheit in Person ist. So jemandem begegnet man nur ein einziges Mal im Leben.

Ich trenne die Einweg-Essstäbchen voneinander. Essstäbchen haben auch gefehlt, da bisher noch nie so viele Menschen bei uns zusammen gegessen haben.

»Wan-Duk, geh und hol mal den Mann von gegenüber. Das ist doch okay, oder?«, fragt Dung-Ju meinen Vater.

Es scheint, dass er sich mit dem Essen eines anderen profilieren will. Mein Vater ist mit dem Vorschlag einverstanden. Ich muss den Nachbarn holen. Entgegen meiner Erwartung, dass er die Einladung ablehnen würde, kommt er etwas unbeholfen mit.

»Nimm Platz. Iss zusammen mit uns zu Abend«, sagt Dung-Ju ganz unbekümmert zum Nachbarn, obwohl man sieht, dass der Nachbar älter ist als Dung-Ju und dieser ihn daher siezen müsste.

»Äh … ich habe … bereits gegessen, aber … Freundlichkeit zwischen den … Nachbarn … darf man nicht …«

»Sie haben wegen meinem Sohn viel Ärger gehabt«, sagt mein Vater und bietet ihm ein Glas an.

»Das ist … nicht wegen Ihrem Sohn …, sondern wegen … diesem, ja diesem Lehrer für Sozialkunde …, ich meine, weil er andauernd so herumschreit, hm«, antwortet der Nachbar und wirft dabei Dung-Ju einen verstohlenen Blick zu. Natürlich nimmt alles seinen Anfang und sein Ende mit Dung-Ju.

»Ist ja gut, wollen wir endlich mit dem Essen anfangen? Ich durfte bis jetzt nichts anrühren, obwohl das Essen direkt vor meiner Nase steht, weil wir auf dich gewartet haben.«

»Gute Idee.«

Endlich fangen wir mit dem Essen an. Onkel Min-Gu, mein Vater, sie und ich sind an das Suppenhuhn gewöhnt. Aber bei Dung-Ju und dem Nachbarn sieht es anders aus.

»Was für ein Arschgesicht …? Was soll denn das sein? Ist das Fleisch oder ein Autoreifen? Habt ihr mich gerufen, um mich zu verarschen?«, meint der Nachbar und nach ihm dann Dung-Ju: »Mein Gott, ich kaue und kaue und das Fleisch wird immer zäher. Wie geht das? Was für ein Fleisch ist das denn?«

»Das ist ein Suppenhuhn. Ein altes Huhn. Das Fleisch schmeckt gut und vor allem nussiger, je länger man daran kaut«, erwidert mein Vater und zieht ein Stück Fleisch ab.

»Scheiße noch mal, solches Fleisch, das ich selbst während des Krieges nicht gegessen habe, wird mir hier vorgesetzt«, meckert der Nachbar weiter und macht ein Gesicht, mit dem er aussagt, er sei von uns reingelegt worden. Er schaut die Schüsseln der anderen an, als ob er prüfen würde, ob das Fleisch in unserer Schüssel und das in seiner Schüssel dasselbe ist.

Wie auch immer, es ist eine Mahlzeit. Alle sind beschäftigt mit dem Kauen des Gummihuhns und das Gespräch ist fürs Erste eingeschlafen.

»Es ist noch mehr da, sagen Sie mir bitte Bescheid, wenn Sie noch etwas wollen.«

Sie ist wirklich perfekt darin, die Atmosphäre zu lesen.

»Bezahlen Sie mir neue Zähne, wenn meine hier ausfallen?«, fragt Dung-Ju.

Auf diese Worte hin scheint der Nachbar sicher zu sein, dass alle am Tisch das gleiche Huhn essen.

»Wir sind Nachbarn, also sollten wir mal unsere Namen erfahren«, sagt der Nachbar, hebt das Glas an und prostet meinem Vater zu.

»Ich bin Do Jeong-Bok, Anfang fünfzig«, sagt mein Vater.

»Dann sind Sie jünger als ich. Ich bin genau fünfundfünfzig und heiße Park Du-Shik.«

»Also älter als er«, mischt sich Dung-Ju ein.

»Werter Herr Lehrer, Sie sind ständig am Reden ... Wie alt sind Sie überhaupt?«

»Ich? Alt genug. Das Fleisch ist echt zäh«, sagt Dung-Ju schnell und kaut konzentriert am Gummihuhn.

»Mensch! Wie alt sind Sie, wenn Sie alt genug sind?«

»Bald werde auch ich zu den Fünfzigern gehören.«

»Lügst du mich etwa an? Du bist maximal Mitte vierzig!«

»Hallo? Als ich so alt war, wie du gerade behauptest, haben die Olympischen Spiele in Seoul stattgefunden!«

»Ist das so? Als ich so alt war, hat unsere Nationalheldin Yu Gwan-Sun ›Unabhängigkeit von der japanischen Okkupation‹ geschrien!«

»Okay, okay, du bist älter als ich, hier ein Glas für dich.«

»Was für eine Frechheit! Willst du mich trotzdem immer noch duzen?«

»Nimmst du das Glas jetzt oder nicht?!«

»Himmel, Arsch und Zwirn! Gib her!«

Damit ist der kindische Streit zwischen dem Vierzig- und dem Fünfzigjährigen beendet.

»Aber warum benimmt sich der, der am normalsten aussieht, wie ein Tauber und gibt keinen Ton von sich?«

»I-i-ich heiße Na-Na-Nan-Ning-Gu.«

»Nanning, wie die chinesische Stadt?«

»Nein, Nam Min-Gu. Er ist mein Onkel«, wiederhole ich schnell den Namen richtig.

»Und das ist ...?«

Der Nachbar meint sie. Keiner antwortet. Es wäre eigentlich typisch, dass Dung-Ju in solch einem Moment nach vorne treten würde, aber das tut er jetzt nicht. Der Nachbar scheint ziemlich neugierig geworden zu sein, da man sofort sieht, dass sie keine Koreanerin ist, und es genauso offensichtlich ist, dass sich eine Familie wie meine keine Haushälterin leisten kann.

»Das ist ... meine Mutter«, bringe ich mühsam heraus, die Worte stecken mir wie Schleim in der Kehle und wollen nicht herauskommen. Es beschert einem ein sehr angenehmes und befreiendes Gefühl, wenn man Schleim ausspuckt.

Sie, also ... meine Mutter steckt sich jetzt plötzlich Fleisch in den Mund.

»Wan-Duk sieht gut aus, weil er seiner Mutter ähnlich sieht. Aber sie ist von drüben?«

Die Besitzerin des Schuhladens hat es genauso formuliert. Warum benutzen die Leute den Ausdruck »von drüben«, wenn sie Leute aus Südostasien meinen?

»Sie kommt aus Vietnam.«

»Ah ja. Isst man in Vietnam so ein Huhn? Das kann man wirklich nicht kauen!«

Meine Mutter schüttelt lediglich wortlos den Kopf.

»Mein Vater isst nur dieses Huhn.«

»Hey, Jeong-Bok, wie schwer du es auch haben magst, lass die Finger von so was. Wie teuer kann ein Huhn schon sein? Soll ich dir morgen ein paar gute Hühner mitbringen, wenn die Läden aufmachen?«

Auch der Nachbar wird einige Zeit brauchen, bis er vollständig seines Irrtums aufgeklärt ist. Selbst ich habe erst als Siebzehnjähriger erfahren, dass mein Vater dieses Huhn bevorzugt, nicht weil es billig ist, sondern weil ihm dieses zähe Gummihuhn wirklich schmeckt. Meine Mutter tischt noch ein ein paar Beilagen auf, damit die anderen etwas trinken können und dazu eine Kleinigkeit zu essen haben, und geht dann nach Seongnam zurück.

Ich höre vom Nachbarn eine Serie von Arschgesichtern, die wie ein Wasserfall aus ihm herausströmen, und die absurden Argumente Dung-Jus, der bis zum letzten Moment behauptet, er sei nicht jünger als der Nachbar, bis ich schließlich einschlafe.

TKO

Ich weiß, dass das keine Kirche ist, dennoch komme ich immer wieder hierher. Jetzt weiß ich auch, warum meine Gebete nicht erhört wurden, und wundere mich, warum ich es nicht schon vorher komisch gefunden habe, dass Dung-Ju zur Kirche geht. Der allmächtige Herr ist in ein anderes Wohnviertel gezogen. Mein Gott! Weil Dung-Ju unentwegt an meinem Stolz kratzt, ich ihn aber nicht verprügeln kann wie all die anderen, wollte ich mir Hilfe in der Kirche suchen, aber all das war für die Katz. Ich habe nicht vor, nochmals zu Gott zu beten, damit er Dung-Ju umbringt. Ich werde mich auch nicht auf die Suche nach Gott begeben, der in ein anderes Wohnviertel gezogen ist. Dung-Ju tickt zwar nicht ganz richtig, aber er scheint nicht unbedingt ein bösartiger Mensch zu sein. Man kann es irgendwie mit ihm aushalten.

Meine Mutter ist wieder dagewesen. Sie, mein Vater und ich wohnen zwar nicht zusammen, aber wir saßen zusammen in einem Zimmer. So, wie sie mit meinem Vater stritt, würde ich sagen, dass sie ziemlich eigensinnig ist und recht gut argumentieren kann. Nicht schlecht.

»Bist aber gläubiger, als ich gedacht habe, Schwachkopf.«

Dung-Ju ist da. Klar, dass er plötzlich auftauchen und noch dazu etwas völlig Sinnloses von sich geben würde. Das liegt halt an dem Feng Shui dieses Ortes.

»Was soll das heißen, ›gläubig‹? Das hier ist ja gar keine Kirche, wie ich jetzt weiß.«

»Es ist eine Kirche, wenn man glaubt, dass es eine Kirche ist. Denkst du etwa, dass eine Kirche an einem besonderen Ort stehen muss?«

»Dann ist Gott also hier?«

»Mit was für einem ungebildeten Idioten habe ich es hier eigentlich zu tun! Wer hat dir gesagt, dass Gott in der Kirche ist?«

»Wo sonst ...?«

»Wo wohl? Da ist er.«

Dung-Ju zeigt mit dem Finger zum Himmel.

»Warum gehen die Leute dann zur Kirche?«

»So etwas kannst du die Sektenanhänger fragen, die in der U-Bahn schreien ›Ungläubigen ist die Hölle bestimmt und denen, die mit Jesu sind, der Himmel‹, Schwachkopf.«

Weitere Diskussionen mit ihm würden nirgendwo hinführen. Reine Zeitverschwendung. Ich verlasse die Kirche. Draußen haben die ausländischen Arbeiter den Schnee weggeschippt und spielen Fußvolleyball. Weil meine Mutter hier gelegentlich vorbeischaut, grüßen die Leute mich, wenn sie mich sehen.

»Hallo, Wan-Duk! Spiel doch eine Runde mit!«

»Ich muss zum Training. Tut mir leid.«

»Wan-Duk! Wan-Duk!«, feuern sie mich an.

Es hat stark geschneit. »Es schneit, wieso kommt aber Mama trotzdem nicht«, singen die Geschwister im koreanischen Märchen *Sonne und Mond*. Und ich warte als siebzehnjähriger, nein, bald achtzehnjähriger Junge auf die Mutter, auf die ich als Kind nicht gewartet habe. Wenn ich mit ihr zum Einkaufen gehe, ist es ziemlich lästig, wie die Menschen uns ansehen. Im Internet sehe ich viele Vietnamesinnen, die gut aussehen, aber meine Mutter ist nicht so eine. Zwischen ihren Vorderzähnen ist eine große Lücke, und sie hat ein eher bäuerliches Gesicht. So oder so ist es eine peinliche Angelegenheit mit ihr. Das Wort Mutter gefällt mir allerdings irgendwie gut. Warum schließen Gaststuben nur zwei Mal im Monat? Verdammte Gaststubenbesitzer.

»Do Wan-Duk?«

»Ja.«

Gleich, als ich das Sportstudio betrete, werde ich von einer Frau im mittleren Alter empfangen. Sie ist schick gekleidet. Mein Trainer sieht nicht glücklich aus. Dasselbe gilt für Sye-Hyeok und Su-Jong, die etwas verloren hinter dem Trainer stehen.

»Kann ich Sie kurz draußen sprechen?«

»Darf ich fragen, wer Sie sind?«

»Ich bin Yun-Has Mutter.«

Die Frau verlässt direkten Weges das Sportstudio.

Der Ort, an den ich der Frau folge, ist das *Cookie Café* genau neben dem Studio. Es ist kein Café, in dem man zum Kaffee ein Cookie geschenkt bekommt, sondern es heißt einfach so.

»Yun-Ha ist ein Mädchen, das nur das Lernen kennt.«

»...«

»Sie ist noch jung, deshalb lässt sie sich von einem Jungen, der gut kämpfen kann und rebellisch ist, beeindrucken.«

»...«

»Helfen Sie mir bitte.«

»Wobei?«

»Ich möchte, dass Sie sich nicht mehr mit meiner Tochter treffen.«

»Wenn wir in das zweite Jahr kommen, werden wir ohnehin in unterschiedliche Klassen versetzt, denke ich.«

»Herr Do. Sie wissen doch, dass ich nicht das meine.«

»Was meinen Sie dann?«

»Als ich für den Schulwechsel von Jun-Ho gesorgt habe, war das für meine Familie eine schwere Zeit.«

Ich dachte, dass Jun-Ho von sich aus die Schule gewechselt hat. Hey, werte Dame, wissen Sie überhaupt, dass Yun-Ha zu einer absoluten Außenseiterin geworden ist, weil Sie dafür gesorgt haben, dass Jun-Ho die Schule wechselte?

»Yun-Ha ist ein naives Mädchen. Das wissen Sie, oder? Helfen Sie ihr bitte, damit sie sich wieder aufs Lernen konzentrieren kann.«

Meine Güte! Warum musste Gott unbedingt in ein anderes Viertel ziehen! Ich glaube, ich sollte mich nach einer anderen Kirche umschauen.

»Es tut mir leid, dass ich hierhergekommen bin. Aber ich bitte Sie, helfen Sie uns.«

»In Ordnung.«

Ich stehe auf. Ich habe nichts weiter zu sagen und es liegt auf der Hand, was ich hier weiter zu hören bekommen würde.

»Ist es wahr, dass der Klassenlehrer Ihr Onkel ist?«

Warum sie jetzt wissen will, ob diese uralte Lügengeschichte der Wahrheit entspricht?

»Nein. Zurzeit beschäftigt sich mein Onkel mit dem Verkauf von Schuheinlagen mit Akupunkturfunktion.«

»...«

Ich verlasse das *Cookie Café.*

Die Mutter Yun-Has folgt mir hastig und fasst nach meinem Handgelenk.

»Herr Do. Ich bitte Sie eindringlich um Ihre Hilfe. Eine Freundin oder einen Freund sollte man erst haben, wenn man auf die Uni gekommen ...«

»So ein dickes Mädchen interessiert mich nicht. Unser Sportstudio ist auch nicht fürs Abnehmen gedacht. Sagen Sie ihr bitte, dass sie nicht weiter in unser Studio kommen soll.«

Ich verschwinde schnell ins Studio. Zum Glück kommt Yun-Has Mutter nicht mit hinein.

»Was hat sie gesagt?«, fragt mich mein Trainer. Sye-Hyeok und Su-Jong stehen noch hinter ihm.

»Wollte wissen, ob man schnell abnehmen kann, wenn man hierherkommt.«

»Mach keine Witze, Junge!«

»Ganz ernst.«

»Was hast du dann gesagt?«

»Dass das hier kein Ort zum Abnehmen ist und sie ihre Tochter deswegen nicht hierherschicken soll.«

»Hast du gut gemacht«, sagt der Trainer und geht ins Büro.

»Oh Mann, Wan-Duk! Wieso hast du nicht gesagt, dass man hier verdammt schnell abnehmen kann!«

»Willst du sterben?«

Nur ein Wort mehr und Sye-Hyeok wäre heute gestorben.

Ich komme mit den Steps durcheinander und meine Schultern sind viel zu steif, deswegen klappt bei mir nicht einmal das Schattenboxen. Habe ich denn jemals gesagt, dass sie hierherkommen soll? Wie soll ich sie bitte aufhalten, wenn sie von sich aus hierherkommt? In Korea wimmelt es nur so von Unis, wieso macht sie sich also verrückt, dass sie es nicht auf eine schafft? Habe ich ihr jemals gesagt, dass sie nicht auf die Uni soll? Soll sie doch einfach auf eine gehen, egal ob eine Uni in Seoul oder tatsächlich die Uni Seoul. Warum ist sie überhaupt zu mir gekommen …?

Zwei Wochen noch bis zum Wettkampf. Eine Woche, seitdem Yun-Ha nicht mehr ins Sportstudio kommt. Sie hat überall rumerzählt, sie sei meine Managerin oder so. Und wie sieht es jetzt aus? Dumm gelaufen! Ein bisschen Vorsicht wäre nicht schlecht gewesen. Kein Wunder, dass ihre Mutter das herausgefunden hat, wenn sie es geradezu hinausposaunt. Ich verstehe nicht, wie ein Hohlkopf wie sie Klassenbeste sein kann. Na, warte mal ab, wenn ich dich in der Schule wiedersehe.

Mein Gott, wieso haben wir nur solche Springseile? Genervt schmeiße ich das Seil in die Ecke.

»Was ist denn dein Problem in letzter Zeit?«

»Habe ich was getan?«

»Auch wenn es um einen Wettkampf geht, den du nur antrittst, um ihn zu verlieren, hast du eine erbärmliche Einstellung. Willst du den Wettkampf hinschmeißen?«

»Warum sollte ich ihn hinschmeißen?«

»Genau aus diesem Grund sollte man von Frauen fernbleiben, wenn man Sport macht. Herrgott noch mal! Mach es ordentlich, Junge!«

»Halten Sie die Pratze.«

»Hol deine Jacke und komm mit.«

»Wo gehen wir hin?«

»Vor dem Wettkampf treten wir in einem richtigen Kampf an.«

»Was?«

»Komm schon, wir machen eine Runde gegen einen aus Seongnam. Angst?«

»Überhaupt nicht!«

Seongnam also. Da wohnt meine Mutter. Das ist nicht sehr weit von hier, dennoch bin ich nie auf die Idee gekommen, mal dort hinzugehen. Na ja, eigentlich schon. Aber um diese Idee in die Tat umzusetzen, dafür hat mir irgendetwas gefehlt. Ich gehe zwar nicht dorthin, um meine Mutter zu sehen, aber ich gehe in die Stadt, in der sie wohnt. Ich werde bestimmt gewinnen.

Wir fahren etwa eine Stunde mit der S-Bahn und kommen dann am Seongnam Sportstudio an. Das Gebäude ist so alt wie unser Studio, aber die Qualität der Trainingsgeräte und vor allem der Boden unterscheiden sich deutlich von unserem.

Die Mitgliederzahl ist auch sehr hoch. Der Trainer des Seongnam Sportstudios ist ein Schüler meines Trainers. Ein Schüler also, dem es besser geht als seinem Lehrer.

»Dein Studio macht jedes Mal, wenn ich hier bin, mehr her.«

»Heutzutage laufen einem die Leute weg, wenn man kein Geld ins Studio investiert.«

»Haben sich deine Schüler schon warm gemacht?«

»Meine Schüler sind immer bereit.«

Ein eigenartiger Nervenkrieg entbrennt zwischen den beiden Trainern.

»Hey, Do-Jin, bist du so weit?«

»Jawohl!«

Mein Gegner hat ähnliche Körpermaße wie ich, bloß ist er etwas größer. Das macht mir aber nichts aus.

»Meiner hat sich noch nicht warm gemacht. Wan-Duk, mach ein paar Übungen.«

»Okay.«

»Äh, halt ihm mal die Pratze hin«, sagte der Trainer des Seongnam Sportstudios zu seinem Co-Trainer.

»Alles klar.«

Mein Trainer und sein ehemaliger Schüler gehen ins Büro, dessen Vorderseite aus einer Glaswand besteht.

Es ist nicht einfach, sich in einem fremden Sportstudio warm zu machen. Auch die mehreren Dutzend Augen, die mich beobachten, stören mich. Außerdem gibt es nicht wenige weibliche Mitglieder.

»Was guckst du so in der Gegend herum? Fang mit eins – zwei an.«

»Gut.«

Eins – zwei. Eins – zwei. Eins – zwei. Eins – zwei ...

»Gut. Eins – zwei. Eins – zwei – drei.«

Eins – zwei. Eins – zwei – drei. Eins – zwei. Eins – zwei – drei …

»Hey, nicht schlecht! Ducken. Zuerst ducken und zurückziehen.«

Ich gehe etwas tiefer und versuche es mit dem Ducken und Zurückziehen.

»Nein, mach mal eins – zwei und dann anschließend ducken und zurückziehen. Jetzt.«

Eins – zwei – zurück. Eins – zwei – zurück. Eins – zwei – zurück …

»Dein Stand hinten ist instabil. Noch mal: eins – zwei – ducken und zurückziehen.«

Eins – zwei – zurück. Eins – zwei – zurück. Eins – zwei – zurück …

»Gut, eins – zwei – links – rechts – ducken.«

Eins – zwei – links – rechts. Eins – zwei – links – rechts. Eins – zwei – links – rechts …

»Deine Hüftarbeit ist gut. Ein- und ausatmen, dann einen Tritt, zuerst den mittleren.«

Angefangen mit einem Front Kick Mitte und oben, einem Roundhouse Kick und weiter zum Side Kick.

»Dein Stand ist ein bisschen instabil, aber deine Hüftarbeit ist gut und die Geschwindigkeit auch nicht schlecht. Seit wann machst du Sport?«

»Seit knapp einem Jahr.«

»Dafür kannst du es ziemlich gut. Nichts spricht gegen einen Kampf.«

»Buhhh …«

Die Leute, die mich beobachtet haben, buhen leise. Ich werde euch alle einfach …

»Und? Bist du so weit?«, fragt mich mein Trainer, der mit seinem ehemaligen Schüler aus dem Büro kommt.

»Ja.«

»Ab in den Ring.«

Ich ziehe die Schutzausrüstung an und steige in den Ring.

Mein Gegner wird angefeuert. Ich dachte, so was kümmert mich nicht, aber das tut es enorm. Weil mein Gegner größer ist als ich, muss ich besonders auf die Deckung des Kopfes achten und aus dieser meine Angriffe starten – hätte ich gerne getan, aber stattdessen beschäftige ich mich in der ersten Runde ausschließlich mit dem Wegdrehen vor meinem Gegner, dem Herumtänzeln im Ring und der oberen Deckung wegen der schnellen, scharfen Angriffe. Die drei Minuten der ersten Runde sind erbarmungslos lang.

»Gut durchgehalten. Jetzt probier's mal langsam mit einem Angriff. Los!«

Langsam mit einem Angriff probieren? Alles klar, Angriff.

Sofort mit dem Gong starte ich mit einem Angriff. Ein passabler Kick von mir gegen die Schulter. Das Lächeln im Gesicht meines Gegners verschwindet. Ich kann es ja mal probieren. Mein Haken sitzt tief. Ich darf den richtigen Zeitpunkt nicht versäumen. Mich auch nicht von den Finten meines Gegners täuschen lassen. In diesem Moment passiert es. Mein Gegner blockt und versucht gleichzeitig mit einer unglaublichen Geschwindigkeit einen Roundhouse Kick. Während der Verteidigung gleichzeitig einen Kreuzschritt. Wie hat er das gemacht? Ich wurde reingelegt… Plötzlich rast der Ring auf mich zu. Ich kann nicht einmal ordentlich atmen. Mein Bauch wird heiß. Ich bin mir sicher, dass der Fuß meines Gegners durch mein Fleisch bis zu meinen Innereien durchgedrungen ist.

»Stopp! TKO. Sieg für Seongnam!«

Technischer Knockout. TKO. Ich werde vom Ringrichter aus dem Kampf genommen, mein Gott! Hat er etwa den

Kampf beendet, obwohl ich in ein paar Sekunden wieder hätte aufstehen können? Was für ein beschissenes Sportstudio ist das hier!

Mein Trainer kommt eilig in den Ring.

»Ist alles in Ordnung? Hättest du in diesem Zustand weitergekämpft, wäre es für dich mit dem kommenden Wettkampf aus gewesen.«

»…«

So oder so befinde ich mich in einer total peinlichen Situation.

»Du warst gut. Dein Gegner ist der Champion in der Altersklasse. Du hast es bis in die zweite Runde geschafft. Unglaublich!«

Champion? Ah, deswegen …

»Ist alles in Ordnung bei dir?«, fragt Do-Jin oder der Champion, wie auch immer, und nähert sich.

»Ja.«

»Das war gut.«

Ist ja gut, du kannst gut kämpfen und dein Sportsgeist ist auch perfekt. Schön für dich, dass du gegen einen Anfänger antreten durftest. Ich hebe mühsam meine Faust an und stoße sie gegen die meines Gegners.

»Im Wettkampf wird er problemlos den ersten Kampf für sich entscheiden, glaube ich«, sagt der Champion.

»Wenn er geschickt herumtänzelt, schafft er auch den zweiten Wettkampf, klar!«, erwidert der Co-Trainer des Seongnam Sportstudios und so reiben mir die beiden noch ausgiebig Salz in die Wunde.

Ich muss mich auf meinen Trainer stützen, als ich aus dem Ring steige. Es wird immer peinlicher!

»Wir gehen«, verabschiedet sich mein Trainer von seinem ehemaligen Schüler.

»Bleib doch bis zum Essen.«

»Ach, ein andermal«, sagt mein Trainer.

»Äh, ich möchte noch bei jemandem hier in der Gegend vorbeischauen«, meine ich schnell.

»Bei wem denn? Ach so!« Mein Trainer schaltet schnell und nickt. Anschließend sagt er zum Trainer des Seongnam Sportstudios: »Dann trinken wir mal einen, wenn mich mein ehemaliger Schüler nach so langer Zeit mal einlädt.«

»Ich gehe dann«, sage ich zu meinem Trainer, verabschiede mich von den Leuten aus dem Seongnam Sportstudio.

Ich gehe alleine, nicht, weil ich meine Mutter sehen will, sondern weil ich nicht neben meinem Trainer in der U-Bahn sitzen will, wo ich doch den Kampf verloren habe. Ich will meine Mutter nur mal anrufen, wenn ich schon in der Gegend bin, in der sie wohnt, bevor ich wieder nach Seoul fahre. Ich habe immer noch ziehende Schmerzen in der Seite, als ich nach einer Telefonzelle suche.

»Wan-Duk?«

An ihrer Stimme höre ich, dass sie überrascht ist. Ich verstehe ihre Überraschung, schließlich hat sie bisher noch nie einen Anruf von mir erhalten.

»Ich hatte einen Wettkampf.«

»War das heute?«

»Nein, heute war nur ein Übungswettkampf.«

»Warst du gut?«

»Ich hab verloren.«

»Beim nächsten Mal wirst du gewinnen. Wo bist du?«

»... steh in der Einfahrt unserer Wohnung.«

»Ach ja. Ich habe vor, am Dienstag nach Seoul zu kommen.«

»Okay.«

»Es ist kalt. Geh schnell hoch.«
»Okay.«
Ich lege den Hörer auf. Und dann rufe ich Yun-Ha an.
»Eine Verbindung zu der von Ihnen gewählten Rufnummer ist auf Wunsch des Kunden nicht möglich.«
Auf wessen Wunsch? Nicht zu fassen! Was habe ich getan? Irgendwas fehlt mir, weil ich das Mädchen, das ich jeden Tag gesehen habe, nun länger als eine Woche nicht mehr gesehen habe. Diese verdammte Uni! Na gut, ihr Klugscheißer, macht doch, was ihr wollt, aber lasst mich dabei aus dem Spiel.

Mein Auge ist geschwollen und die Haut daneben aufgeplatzt. Nur ein wenig, daher wird in ein paar Tagen nicht mehr als ein Kratzer zu sehen sein. Aber heute ist die Stelle stark geschwollen und sieht ziemlich schlimm aus. Ich kann nicht einmal sagen, wann ich den Schlag abbekommen habe. Ich war vollkommen mit dem Hochhalten meiner Fäuste beschäftigt. Es war ein Kampf, in dem ich mich weder gut verteidigt noch insgesamt gut geschlagen habe. Mir geht's miserabel.
In der Gasse steht der Tico. Oh Mann, mit diesem Gesicht muss ich auch noch meinem Vater gegenübertreten.
»Du hast nicht gesagt, dass du heute kommst.«
»Es hat sich so ergeben. Dein Gesicht sieht schlimm aus.«
»Ist nicht so schlimm, wie es aussieht.«
Ich bedecke mit der Hand das extrem geschwollene linke Auge.
»Min-Gu ist weg.«
»Wohin?«
»Zum Tanzen natürlich. Dort gehört er wirklich hin.«
»Meinst du, dass er das alleine schafft?«
»Er muss es lernen.«
»Dann gehst du nun allein zum Markt?«

»Das muss ich wohl.«

»Wenn du Onkel so gehen lässt… mit seiner geistigen Behinderung…«

Bei dem Wort »Behinderung« erzittern die Schultern meines Vaters kurz.

Für jeden Menschen gibt es Worte, an die man sich bis ans Ende seines Lebens nicht gewöhnen kann. Ich meine die Worte, die einem umso unerträglicher werden, je häufiger man sie hört, und an die man sich einfach nicht gewöhnen kann, egal wie wahnsinnig man sich darum bemüht. Viele sprechen solche Worte ganz unbekümmert aus, weil sie denken, der Betroffene habe sie schon oft genug gehört. Da haben sie recht. Sie wissen aber nicht, dass diese Worte beim zweiten und auch dritten Mal dem Betroffenen genauso wehtun wie beim ersten Mal, dass diese Worte sich häufen und schließlich einem als große Summe das Herz zerdrücken.

»Schaut mal her, ein Zwerg! Ein Zwerg!«, sagen jene Leute, die unbedingt den Todesschuss abfeuern müssen, indem sie das aussprechen, was ohnehin völlig offensichtlich ist.

»Sein Vater ist ein Zwerg, aber der da wächst einfach weiter!«, sagten die Idioten, die von Anfang an verhinderten, dass man mich als eigenständige Person ansah.

»Ist es wahr, dass dein Vater ein Zwerg ist?«, fragten jene Leute, denen mein Vater nützlich war, wenn sie sich gerade langweilten und jemanden suchten, auf dessen Kosten sie ihre Späße machen konnten.

Was mich betrifft, will ich meinen Vater nicht verheimlichen, nein, ich möchte ihn lediglich nicht unnötig in den Vordergrund stellen. Keinen kümmert es, wenn jemand nicht erwähnt, dass sein Vater nicht behindert ist. Aber wenn einer seinen behinderten Vater nicht zur Sprache bringt, dann fangen die Leute an, sich einzumischen. Sie sagen, dass ich ein Sohn sei, der seinen Vater geheim halte, und bringen die mir völlig unbekannten »Familienwurzeln« ins Gespräch. Seine Wurzeln zu schützen ist eine Sache, die ein anderer nicht von einem verlangen kann, sondern über die sich jeder für sich Gedanken machen sollte. Dennoch gibt es Menschen, die über die familiären Wurzeln eines anderen diskutieren wollen, weil es ihnen eine elegante Möglichkeit gibt, den anderen auszulachen. Beispielsweise Dung-Ju, der einige oberflächliche Sachen von mir weiß und vor sich hin quatscht, als ob er alles von mir wüsste. Der in eine Familie geboren wurde, die ausländische Arbeiter eingestellt hat, sich jetzt um diese Arbeiter kümmert und deswegen so tut, als ob er diese Leute durchweg verstehen würde. Das ist der wahre Grund, warum ich Dung-Ju umbringen wollte. Jetzt habe ich meinem Vater gegenüber letzten Endes das Wort »Behinderung« doch ausgesprochen. Das Wort, das sowohl bei ihm als auch bei mir niemals Schorf bilden wird – immer eine offene Wunde bleiben wird.

»Auch ich habe meinen Körper nie gemocht. Ich bin gebrandmarkt. Die Missgunst der anderen muss deswegen aber nicht nur ich erdulden, sondern auch du, obwohl du gesund bist. Eltern sollten ihren Kindern wenigstens keinen Schaden zufügen, wenn sie ihnen schon nicht helfen können. Wenn ich aber sage, dass du mein Sohn bist, dann lässt jeder einen bösen Kommentar los. Deswegen habe ich stets versucht, möglichst von dir fern zu bleiben.«

»Auch wenn ich alleine war, ich bin klargekommen.«

»Ich habe gehofft, dass die Leute nicht erfahren, dass ich dein Vater bin. Deshalb habe ich mich immer vor dir versteckt. Das hat leider dazu geführt, dass auch du dich vor der Welt versteckst, glaube ich.«

»Das ist nicht wahr.«

»Von deinem Lehrer habe ich gehört, dass du unglaublich desinteressiert an den Dingen bist, die dich nicht direkt betreffen.«

Natürlich, wieder Dung-Ju! Soll ich mich denn etwa auch um Sachen kümmern, die mich nichts angehen?

»Er hat gesagt, dass du eine eigenartige Hülle um dich aufgebaut hast und gelegentlich wie ein Blitz aus dieser herausgeschossen kommst, um dich gleich wieder in diese zurückzuziehen. Er meint, dass du lediglich aufstehst, zur Schule gehst, wieder nach Hause gehst, und dich schlafen legst. So lebst du in den Tag hinein.«

Es besteht kein Zweifel mehr, dass Dung-Ju ein Beobachtungstagebuch über mich führt. Es stimmt, was er gesagt hat. Ich weiß, dass alle Menschen den ganzen Tag bis aufs Äußerste schuften, um zu überleben, und dann nach Hause gehen. Am nächsten Tag isst man das gleiche Essen, erledigt die gleiche Arbeit und geht wieder nach Hause. Dann wird man alt und stirbt. Es wäre ja eine andere Sache, wenn man nicht sterben würde. Aber der Mensch stirbt auf jeden Fall. Ist man gestorben, dann heißt es *Game Over*. Nach dem Tod gehört das Erreichte, egal, wie viel das auch sein mag, nicht mehr dem Verstorbenen, sondern den Lebenden. Ob man ein kleiner Gauner oder ein Präsident war, das ist egal, wenn man gestorben ist. Ein Toter kann sich nicht in das Leben eines Lebenden einmischen. Er kehrt auch nicht einfach mal kurz ins Leben zurück, weil etwas nicht so läuft, wie es seiner Meinung nach sein müsste. Aus diesem Grund ist es vergleichbar mit einem *Royal Flush* auf der Hand, wenn man sich gegenseitig keinen Schaden zufügt, sich ruhig um seinen eigenen Kram kümmert und irgendwann schlicht abkratzt.

»Erinnerst du dich an den Opa, der Saxofon gespielt hat? Er hatte dich sehr gern.«

»Meinst du den, der im *Fantasie* gearbeitet hat? Klar erinnere ich mich an ihn. Aber der lebt doch nicht mehr.«

»Ich kannte ihn schon, bevor du geboren warst. Er sagte, dass ich ganz lebendig geworden sei, seitdem Min-Gu an meiner Seite war.«

»...«

»Min-Gu hat von mir das Tanzen gelernt und musste dabei viele Schläge von mir einstecken. Er wollte nur Cha-Cha-Cha tanzen, weißt du? Aber wenn man arbeitet, kann man nicht nur das machen, worauf man Lust hat. Ich dachte, dass er mich frühzeitig ins Grab bringen würde, wenn ich ihm weiter das Tanzen beibringen müsste.«

»Onkel Min-Gu kann doch sehr gut tanzen.«

»Ja, sicher. Ich meine, dass er nicht daran gedacht hatte, etwas anderes als Cha-Cha-Cha zu tanzen. Ich habe regelrecht wie eine Klette an ihm gehangen und jeden Tag stundenlang getanzt, oh ja, das habe ich! Ich dachte, dass er begeistert auch was anderes tanzen würde, wenn mein Rhythmus bei ihm ankommt.«

»Verstehe.« Ich dachte, dass Onkel Min-Gu alles toll findet, wenn es ums Tanzen geht.

»Der Opa sagte: ›Endlich ist Do Jeong-Bok voller Leben.‹ Er hatte gemeint, dass ich am besten gelaunt war, wenn ich Min-Gu das Tanzen beibrachte. Obwohl ich Min-Gu so angeschrien habe, weil er mir nie zugehört hat ...«

»Ich dachte, dass auch dir das Tanzen Spaß gemacht hat.«

»Eigentlich nicht. Weil die Leute immer gelacht haben, wenn ich getanzt habe ...«

»...«

»Der Opa meinte, mein Körper sei vollkommen normal, aber wie es in deinem Kopf aussehe, das sei das Problem. Da habe ich ihm zum ersten Mal widersprochen. Ob er das auch sagen würde, wenn er einen Körper wie meinen hätte. Dann meinte er, dass ich nicht aus meinem Zimmer käme und auch nicht unter die Leute ginge und man mich daher nie sehen könne. Daraufhin hat er den Kopf geschüttelt.«

»Was?«

»Du verstehst es auch nicht, nicht wahr? Dieser Opa hat sich immer sehr kompliziert ausgedrückt. Er verwendete alte Sprichwörter wie ›Gleich und gleich gesellt sich gern‹. Oder ›Dein bester Freund ist dein Spiegelbild‹, und dann fragte er mich, woher ich wisse, wie ich aussehe, wenn ich keinen einzigen Freund habe. Ich konnte ein bisschen verstehen, was er damit gemeint hat.«

»Ah ja…« Wenn ich auch nicht alles verstehe, so kann ich doch die Bedeutung erahnen.

»Stimmt es, dass du keine Freunde hast?«

»Klar habe ich welche…«

»Wen?«

»…«

Im Kindergarten, in der Grundschule … Es gibt so viele, mit denen ich in der Klasse war. Warum fällt mir niemand ein, dessen Namen ich jetzt nennen kann? Ich glaube, dass sie mich anfangs gemieden haben – und ich dann sie. Kein gutes Gefühl. Wen könnte ich als Freund nennen? Hyeok-Ju? Wieso mir ausgerechnet dieser Spasti einfallen muss!

»Dank dieses Opas habe ich Min-Gu aufgenommen und bin auch ein bisschen unter die Leute gekommen. Ich höre ab und zu seine Stimme, als würde er noch leben. ›Du sollst nicht so ein Leben führen‹, hat er mir immer gesagt, und das höre ich ihn hin und wieder immer noch sagen, weißt du? Wenn er am Leben wäre, könnte ich ihm sagen, dass er still sein soll. Aber dieser tote alte Mann sitzt in meinem Kopf und schimpft immer weiter mit mir. Hahaha.«

»Wo gibt es denn so was?«

»Oh doch, so etwas gibt es. Würdest du mir das auch vorwerfen, wenn ich sterben würde?«

»Wirfst du dem Opa das vor?«

»Ab und zu hat er ins Schwarze getroffen. Ach, wie oft er das getan hat! Aber er war ein guter Mann.«

»Dann ist doch alles in Ordnung.«

»Wan-Duk.«

»Ja?«

»Lass uns uns gegenseitig akzeptieren und unser Leben weiterführen.«

»Was sollen wir akzeptieren?«

»Du meinen Tanz und ich dein Kickboxen. Anscheinend können wir nur das.«

Damit sagt mein Vater also, dass er nicht mehr gegen mein Kickboxen ist. Musste er dafür extra den verstorbenen Opa erwähnen und versuchen, insgesamt großartig dazustehen? Na ja, wenn ich mir so überlege, wie strikt er bisher dagegen gewesen ist …

»Hm, für mich war es eigentlich immer in Ordnung, dass du getanzt hast. Wobei ich als Kind aber von dir gehauen wurde, wenn ich mit Onkel Min-Gu Jive getanzt habe.«

»Nicht, weil du getanzt hast. Ich habe dich gehauen, weil du immer falsch getanzt hast. Von wem hast du das nur, dass du so wenig Körpergefühl hast?«

Ich bin mir aber sicher, dass er mich geschlagen hat, weil ich getanzt habe. Er wollte weder seinen Körper noch seinen Tanz an mich weitergeben. Er wollte nicht einmal, dass mich jemand ansieht und dabei lächelt.

»Von dir wahrscheinlich.«

»Na ja, ich glaube, dass ich ein guter Boxer geworden wäre, wenn ich nicht getanzt hätte. Den Sinn für Rhythmus braucht man nicht nur fürs Tanzen. Auch für Sport muss man ihn haben.«

Mein Vater hat anscheinend zu viel mit Dung-Ju rumgehangen. Ich sehe ihn langsam in meinem Vater. Äußerst problematisch.

»Junge, Junge ... Wie lang deine Beine sind! Gut gewachsen ...«

Mein Vater tätschelt mir ein paar Mal auf den Oberschenkel. Warum ist mir so mulmig ums Herz? Er hat doch bloß gesagt, dass ich gut gewachsen sei.

Die Augen meines Vaters werden plötzlich rot, und auch mir brennen die Augen.

Letzten Frühling habe ich Dung-Ju kennengelernt. Und ich habe ihn so sehr gehasst, dass ich ihn umbringen wollte. Dann habe ich mit dem Kickboxen angefangen. Und das Kickboxen liebe ich über alles. Die Liebe und der Hass sind mir im Doppelpack begegnet. Um den Menschen, den ich hasste, bei Gott zu verpetzen, habe ich die Kirche aufgesucht. Um den Sport zu machen, den ich liebe, habe ich das Sportstudio aufgesucht. Weil ich niemanden hatte, der mir hätte zuhören können, und nie ein ernsthaftes Gespräch mit jemandem geführt habe, bin ich in die Kirche gegangen, wo ich mit mir alleine plaudern konnte. Und weil ich nicht wusste, wie ich meinen Körper einsetzen soll, bin ich ins Sportstudio gegangen, um es zu lernen. Irgendwie habe ich auch das Gefühl, dass ich jetzt meinen Vater und meine Mutter neu gefunden habe.

»Läuft die Vorbereitung auf den Wettkampf gut?«

»Heute habe ich gegen den Champion gekämpft und es bis in die zweite Runde geschafft.«

»Du willst sagen, dass er sich zurückgehalten hat?«

»Nein. Er hat gekämpft, als ob es um Leben und Tod ginge!«

»Oho, machst du jetzt etwa auch noch Witze?«

»Nein, ich meine es ganz ernst.«

»Gut. Wir werden uns schon mit unseren Körpern arrangieren.«

Mein Vater und ich, wir beide kennen das Minderwertigkeitsgefühl. Dieses Minderwertigkeitsgefühl hat meinen Vater wohl sein Leben lang begleitet und bei mir wird es auch nicht wesentlich anders sein. Dieses Gefühl, das mich dennoch irgendwie antreibt, mich anzustrengen, gefällt mir nicht hundertprozentig, aber es ist mir auch nicht völlig zuwider. Genauso wie es sich mit Dung-Ju verhält.

»Am Abend will ich deinen Trainer besuchen. Das wollte ich eigentlich die ganze Zeit schon machen, habe mich aber bis jetzt davor gedrückt.«

»Wahrscheinlich ist er jetzt in Seongnam ... Ruf ihn mal an, bevor du bei ihm vorbeischaust.«

Mein Trainer ist dann nicht bei seinem ehemaligen Schüler zum Essen geblieben. Er hat bloß eine andere U-Bahn-Linie als ich genommen. Nun sitzen mein Trainer, mein Vater und ich im leeren Sportstudio und braten auf einem Camping-Gaskocher Schweinebauchfleisch.

»Dass ich Sie erst jetzt besuche, bezeugt, dass ich kein guter Vater bin«, sagt mein Vater und füllt das Glas des Trainers mit Schnaps.

»Und dass ich aufhöre, Ihren Sohn weiter zu unterstützen, bezeugt, dass ich kein guter Trainer bin.«

»Was meinen Sie damit?«, fragt mein Vater.

Ich habe ein ungutes Gefühl.

»Sein Wettkampf ist meine letzte Amtshandlung als Trainer. Ich schließe das Studio. Wan-Duk ist der letzte Schüler, den ich in den Ring bringe.«

»Wie bitte?«

Eine unheilvolle Ahnung bewahrheitet sich immer.

»Diesen Schritt hätte ich längst getan, wenn ich einen Nachfolger gefunden hätte. Mein Studio ist nichts Besonderes und als ich es schließen wollte, ist plötzlich Hassan gekommen und dann auch du.«

Ich habe mich schon gefragt, warum es kaum Mitglieder gibt. Es kann doch nicht allein daran liegen, dass sich das Sportstudio am Stadtrand befindet. Mein Trainer sagt, dass gelegentlich Leute gekommen seien, um bei ihm zu trainieren, er sie aber alle wieder weggeschickt habe. Er habe Sye-Hyeok und Su-Jong nur aufgenommen, weil er den Eindruck hatte, dass sie nicht lange bleiben und sonst nur sinnlose Schlägereien anzetteln würden. Oh Mann! Warum sollte es in meinem Leben einfach laufen, wenn es auch kompliziert geht.

»Es war nicht vorgesehen, dass ich ihn aufnehme. Ich habe aber gesehen, dass seine Kondition gut ist und er auch einen besonderen Charakter hat. Er trägt ein Feuer in sich, aber wenn dieses blind um sich greifen würde, müssten einige seiner Mitmenschen darunter leiden. Deswegen wollte ich ihn hier haben.«

Der Trainer tätschelt mir den Kopf.

Bei mir hat mein Trainer immer den Eindruck hinterlassen, als ob er oberflächlich ist und alles nur halbherzig erledigte. Jetzt begreife ich, dass er entsetzlich scharfsinnig sein kann, wenn er will. Er hat für mich stets mit einem Lächeln im Gesicht die Rolle meines Trainingspartners übernommen, obwohl ich meinen Mitgliedsbeitrag nie rechtzeitig bezahlt habe. Als Lehrer ist er mir lieber als Dung-Ju und er hat mir beigebracht, dass man einem Lehrer dankbar sein kann. Jetzt will er mich verlassen. Das Einzige, was ich kann, ist schlagen und treten. Ich habe davon geträumt, daraus etwas zu machen.

Zum ersten Mal in meinem Leben. Aber mein Trainer geht fort. So ein verdammter ...

»Wohin gehen Sie?«

»Was bringt es, wenn du das weißt?«

»Ich komme mit und trainiere dort weiter.«

»Wie willst du dort trainieren?«

»Wo denn?«

»Meine Frau ist sehr krank. Ihr Arzt hat ihr geraten, an einen Ort zu gehen, wo die Luft frisch ist. Deswegen gehen wir nach Hongcheon.«

»In der Provinz Kangwon?«

»Ja. Es ist ungerecht, dass meine Frau krank geworden ist. Ich war es, der sich in jungen Jahren geprügelt und unentwegt Schläge abbekommen hat. Anscheinend hat sie aber darunter sehr gelitten, sodass ihr Herz krank geworden ist.«

Wie kann man nur so ein Karma in seinem früheren Leben gesammelt haben wie ich? Keine Ahnung, warum es allen Menschen um mich herum so gehen muss! Wo ist die glückliche Familie aus dem Lied *Die Familie der Froschlurche,* in dem Sohn, Enkelkinder und Schwiegertochter alle zusammen freudig singen? Stattdessen wimmelt es in meiner Umgebung nur so von Leuten, denen es an irgendetwas fehlt.

»Ich werde Sie besuchen kommen.«

»In Hongcheon?«

»Ja.«

»Hört, hört! Herr Do, Ihr Sohn will mich besuchen kommen!« Der Trainer schaut meinen Vater an und lacht laut.

»Essen Sie etwas. Wenn Sie nichts essen und nur trinken ...« Mein Vater lacht ebenso und schiebt meinem Trainer das Fleisch zu.

»Erinnerst du dich noch an das Sportstudio in Seongbuk, wo du deine letzte Gürtelprüfung gemacht hast? Dort habe ich schon von dir erzählt. Es ist etwas weiter weg, aber sei fleißig im Training. Und gewinne den Kampf. Verstanden? Hahaha.«

»...«

Das Telefon im Büro klingelt.

»Ich gehe ran.« Ich renne hin und nehme den Hörer ab.

»Wan-Duk, bist du das?«

Es ist Yun-Ha. Ihre Stimme hört sich dringlich an.

»Du ...? Was willst ...?«

»Ich komme in die Kirche, jetzt.«

Aufgelegt.

Was soll das denn? Habe ich etwa gesagt, dass ich komme? Wie kann sie einfach so auflegen?

»Wer war das?«, fragt mein Trainer.

»Äh, niemand. Papa, ich gehe dann mal nach Hause.«

»Wieso?«

»Damit ihr beiden in Ruhe reden könnt.«

»Alles klar.«

Ich verabschiede mich unbeholfen von meinem Trainer und öffne die Tür des Studios.

»Wan-Duk!«

»Ja?«

»Wenn der Wettkampf vorbei ist, schließe ich das Studio. Sag das der Person, die ich vorher gerne noch einmal gesehen hätte. Ich hab sie schon lieb gewonnen.«

»Wem soll ich das sagen?«

»Wem wohl? Ich meine genau die Person, die ›niemand‹ sein soll.«

Mein Trainer füllt das Glas meines Vaters auf. Mein Vater schaut mich kurz an. Ich verlasse eilig das Sportstudio. Von draußen höre ich noch das Lachen meines Trainers.

Nicht schlecht

Yun-Ha betritt die Kirche, nachdem ich bereits zwanzig Minuten gewartet habe.

»Meine Eltern sind verreist. Deswegen holt meine Tante mich von der Nachhilfeschule ab. Ich habe sie darum gebeten, heute ein Auge zuzudrücken. Sie ist flexibler als meine Mutter. Trotzdem kann ich nicht lange bleiben. Meine Mutter ruft zu Hause an, um zu kontrollieren. Also muss ich gleich wieder weg.«

Vielleicht liegt es daran, dass sie nur mit Worten Sport betreibt, jedenfalls kann sie äußerst schnell sprechen.

»Was willst du von mir?«

»Mich bei dir entschuldigen.«

»Weshalb?«

»Meine Mutter hat dich aufgesucht, stimmt's? Tut mir leid. Sie denkt, dass man ein Verhältnis hat, wenn sich ein Mann und eine Frau treffen. Sie ist ziemlich altmodisch.«

»Gehst du auf die Uni, weil du das möchtest, oder wegen deiner Eltern?«

»Weil ich das möchte.«

»Wieso macht deine Mutter so einen Stress, obwohl du nicht einmal gesagt hast, dass du nicht auf die Uni willst?«

»Weil sie denkt, dass ich mittendrin auf die schiefe Bahn geraten könnte. Weil sie sich einfach unnötig Sorgen macht.«

»Wieso willst du studieren?«

»Wieso willst du nicht studieren?«

»Weil ich dumm bin und außerdem weil ich kein Interesse daran habe.«

»Und ich, weil ich klug bin und außerdem weil ich ein großes Interesse daran habe.«

»Das kann man wohl sagen.«

»Ich will Journalistin werden, Kriegsreporterin.«

»Muss man dafür nicht unter Umständen in den Krieg?«

»Genau. Wenn ich Studentin bin, will ich mit dem Rucksack durch die verschiedensten Länder reisen. Ich werde viele Erfahrungen sammeln und dann will ich Kriegsreporterin werden. Ich werde mich aber nicht auf den Kriegsschauplatz begeben, weil ich eine Heldin sein will. Mit einem einzigen guten Artikel kann man vielen Kindern in einem Kriegsgebiet helfen.«

»Ich habe nicht gewusst, dass du so viel Interesse am Krieg hast.«

»Vor ein paar Jahren habe ich mir in einer Galerie Gemälde angesehen. Es ging um Krieg. Auf einem der Gemälde waren amerikanische Kinder zu sehen, die American Football spielen und dabei herrlich lachen. Neben diesem Bild hing ein anderes mit einem Kind aus dem Irak, das einen blutigen Verband um den Kopf hatte. Auf diesen beiden Gemälden war keine einzige Träne sichtbar und dennoch habe ich viele Tränen gesehen. Nicht die Tränen, die fließen, weil man Schmerzen hat.«

»Sondern?«

»Die aus Hass. Das Bild mit dem irakischen Kind hat das deutlich gezeigt.«

»Deswegen lernst du wie verrückt?«

»Du trainierst auch weiter, obwohl du jeden Tag Schläge einsteckst für deinen Traum. Bei mir ist es genauso. Ich lerne wie verrückt, und zwar wegen meines Traums. Ich will an der Uni lernen, damit ich es später leichter haben kann.«

»Musst du unbedingt an einer Uni lernen?«

»Musst du unbedingt in einem Sportstudio trainieren?«

»Was?«

»Sollte man nicht dort studieren oder trainieren, wo man das bekommt, was man lernen will? Wer soll dir Kickboxen beibringen, wenn du in ein Studio für Taekwondo gehst? Glaubst du, dass man Berichterstatterin sein kann, wenn man ohne jegliche Kenntnisse und Befugnisse mit einer Kamera in der Hand durch ein Kriegsgebiet rennt?«

»Dir fehlen jedenfalls nie die Worte.«

»Ich will lernen, was es zu lernen gibt, und wenn ich in meinem Bereich sehr gut geworden bin, sodass niemand etwas gegen meine Arbeit sagen kann, dann werde ich durch die Welt reisen. Ich werde mir einen Namen machen und damit unterwegs sein für Reportagen.«

»Komisch. Ich habe immer das Gefühl gehabt, dass du ohne Ausnahme stets das Richtige sagst. Aber jetzt, nachdem ich dir zugehört habe, kann ich dich kaum noch leiden. Ein sehr eigenartiges Talent hast du da!«

»Ja, ich kann dich auch ganz gut leiden. Bin ich aber nicht auf jeden Fall besser als diejenigen, die planlos zur Uni gehen, um später sagen zu können, dass sie diese oder jene Uni besucht haben?«

»Vielleicht ist genau das der Traum von diesen Leuten. Ist nur dein Traum wichtig und jener der anderen nicht?«

»Wenn das ihr Traum ist, dann sollen sie das ruhig machen. Aber sag mal, dein Auge ist total demoliert. Was ist passiert?«

»Am Mittag hatte ich einen Kampf.«

»Du trainierst jeden Tag und trotzdem bekommst du andauernd was ab. Es ist also nur ein Gerücht, dass du gut kämpfen kannst!«

»Glaubst du, dass ich trainiere, um zu kämpfen?«

»Dein Auge ist ganz rot. Kannst du mich überhaupt sehen?«

Yun-Ha kommt mit dem Gesicht ganz nah an meines und schaut sich mein Auge an. Deshalb ... Deshalb küsse ich sie einfach. Mein allererster Kuss. Er ist nicht so süß, wie ich ihn mir vorgestellt hatte, und ich gerate auch nicht in Verlegenheit. Ich habe das Gefühl, als ob ich eine wabbelige Tomate mit den Lippen berühre. Es ist aber nicht schlecht.

»Hey!«

»Was?«

»Du bist ja ein richtiger Profi!«

»Ja.«

»Ich meine nicht im Kickboxen!«

»Ich auch nicht!«

»Was soll denn das? Bist du etwa mein Freund? Bist du wahnsinnig geworden?«

»Gehen wir. Kann sein, dass Dung-Ju kommt.«

»Bin schon da, Schwachkopf!«

Wie immer ein tolles Timing.

»Was für ein frecher Schwachkopf! Wie kannst du nur deinen Lehrer Dung-Ju nennen! Was habt ihr da so ganz eng nebeneinander gemacht?«

»Uns geküsst.«

»Idiot! Yun-Ha, wie oft muss ich das noch wiederholen? Du sollst nicht mit diesem Typen rumhängen. Geh schnell nach Hause!«

»Ja.«

Ich halte Yun-Has Hand fest und verlasse die Kirche, nein, das Gebäude, das Dung-Ju gehört.

»Und lass Yun-Has Hand los!«

Ich halte ihre Hand noch fester.

»Kannst du zu meinem Wettkampf kommen?«

»Wenn ich so darüber nachdenke, wie du dich benimmst, habe ich keine Lust, aber als deine Managerin muss ich wohl.«

»Wie willst du es aus dem Haus schaffen?«

»Mit Guerillataktik!«

Yun-Ha lächelt strahlend und hält ein Taxi an. Ich kann sie nicht leiden ... aber sie ist irgendwie ein süßes Mädchen.

Der Bach ist zugefroren. Daran liegt es wohl, dass ich immer wieder lachen muss. Was soll denn das, ein Bach, in dem so wenig Wasser fließt, friert zu? Meine Güte, er ist so flach, da kann man ja nicht mal drauf rodeln, wenn er zugefroren ist. Mann, ich schmeiß mich weg vor Lachen! Ohne Pause bringt mich der Bach zum Lachen. Wieso will sie Kriegsreporterin werden? Und wieso hat sie keine Angst wie alle anderen Mädchen? Hahaha, oh, oh. Warum hört sich heute selbst das Wort Kriegsreporterin so lustig an? Dieser Geschmack, hatte sie unterwegs einen Kaugummi mit Blumengeschmack gekaut? Hahaha.

»Wan-Duk!«

Dung-Ju hat mich doch noch eingeholt.

»Dein Vater ist wieder da, stimmt's? Ist er jetzt zu Hause?«

»Nein, er trinkt gerade mit meinem Trainer was im Sportstudio.«

»Das darf doch nicht wahr sein. Sie trinken was, ohne mir Bescheid zu sagen! Hier, nimm das.«

Dung-Ju hält mir eine Tüte mit zwei Hühnern hin.

»Was soll ich damit?«

»Dein Vater hat doch dieses zähe Ding gegessen, als ob es lecker gewesen wäre. Das zu sehen war einfach traurig. Koch die hier auf kleiner Flamme schön zart und serviere sie ihm.«

Herrje, ich lach mich wirklich noch tot. Was ist denn heute los? Werter Herr Lehrer, mein Vater liebt dieses Gummihuhn. Diese Hühner von Ihnen wird er nicht essen, wenn ich sie ihm anbiete. Hahaha.

»Du bist also doch ein guter Sohn. Freust du dich so sehr, für deinen Vater die Hühnchen zu kochen?«

»Ich koche sie ihm auf jeden Fall morgen zum Frühstück.«

»Du hast einen Wettkampf. Iss also auch eins davon.«

»Vielen Dank.«

Dung-Ju geht in seine Wohnung. Wenn ich so darüber nachdenke, ist er nicht der schlechteste Mensch auf der Welt, nur sein Mundwerk ist etwas vulgär. Jetzt bringen mich die splitternackten Hühner zum Lachen. Hahaha.

Ich rufe meine Mutter an.

»Störe ich?«

»Nein, ich mache gerade Feierabend. Ist was passiert?«

Ihr kommt es wohl eigenartig vor, dass ich sie heute zum zweiten Mal anrufe, wo ich sie vorher nie angerufen habe.

»Nein, es ist nichts passiert. Wie kocht man ein Huhn?«

Ich weiß, wie man ein Huhn kocht. Erfahrung fällt einem nicht einfach so in den Schoß. Und in der langen Zeit, in der ich alleine zurechtkommen musste, habe ich viel Erfahrung gesammelt. Aber ich wollte sie anrufen und hatte gerade die Hühner bei mir.

»Hast du Appetit auf Huhn?«

»Nein. Mein Lehrer hat mir zwei Hühner geschenkt.«

Meine Mutter durchschaut, dass die Hühner, die Dung-Ju uns geschenkt hat, nicht an Altersschwäche gestorben sind. Deshalb sagt sie mir, dass ich sie erst mit Knoblauch und Salz kochen und später Frühlingszwiebeln dazugeben solle, und mit Nachdruck, dass ich sie nicht zu weich kochen darf. Ausschließlich wegen meines Vaters.

»Es tut mir leid, dass ich nicht bei dir bin.«

»Du musst nicht unbedingt bei mir sein. Ich rufe dich ab und zu an.«

»Danke dir.«

Ich beende das Telefonat. Ich habe sie nicht angerufen, um so etwas von ihr zu hören.

Mein Vater kommt ziemlich betrunken nach Hause. Er ist nicht einmal in der Lage, aufrecht zu stehen. Seinem Zustand nach tippe ich auf drei Flaschen Soju. Mindestens. Wegen der Hühner: Ich werde eins mit viel Wasser kochen und das andere braten. Sonst würde mein Vater die Hühner nicht einmal kosten. Das weiß ich nur zu gut.

Die ganze Nacht kann ich nicht einschlafen. Ich grinse wie ein Idiot. Mann, ich muss doch schlafen ...

Mein Wecker klingelt und ich schrecke auf. Ich ziehe eine Kappe über, trage schnell die Zeitungen aus und komme wieder nach Hause. Für das gebratene Huhn hacke ich das Fleisch mit dem Küchenmesser in Stücke. Das Geräusch des Messers in der Morgendämmerung jagt selbst mir Angst ein.

»Was hast du da?«, fragt mein Vater, der die Zimmertür ein wenig geöffnet hat.

»Ein Huhn. Herr Lee hat uns das geschenkt, weil du wieder zurück bist.«

»Ach so. Und das, obwohl ich ihm noch nicht einmal Hallo gesagt habe. Jetzt habe ich ein schlechtes Gewissen ...«

»Schlaf weiter.«

»Nein. Wenn das Essen fertig ist, dann lade mal Herrn Lee zum Frühstück ein.«

»Okay.«

So kommt es, dass Dung-Ju bei uns frühstückt.

»Wan-Duk, du kannst kochen. Du hättest keine Probleme, zu heiraten. Herr Do, guten Appetit. Die Suppe ist fantastisch.«

Wie erwartet, isst mein Vater diesmal kaum von dem Huhn. Ich weiß, dass es ihm zu fade schmeckt.

»Ich habe keinen großen Appetit, weil ich gestern zu viel getrunken habe.«

»Dennoch ist das Huhn besser zu kauen, weil es nicht wie aus Gummi ist. Versuchen Sie, etwas mehr zu essen.«

»Okay. Übrigens, was Sie letztes Mal erwähnt haben ...«

»Haben Sie es sich durch den Kopf gehen lassen?«

»Min-Gu ist weg, weil ich dachte, dass es nicht ideal ist, einen jungen Mann weiter auf dem Markt mitzunehmen. Aber als ich darüber nachgedacht habe, ist Ihr Angebot ...«

»Natürlich, das ist es! Min-Gu fehlt. Wo ist er hin, ohne mir Auf Wiedersehen zu sagen?«

»Er sieht gut aus und kann auch gut tanzen, daher gibt es einige Tanzlokale, die ihn haben wollen. Er ist gegangen, weil ich ihm gesagt habe, dass er gehen soll. Für ihn zählt nur, was ich ihm sage, und um alles andere kümmert er sich nicht. Haben Sie bitte ein bisschen Nachsicht.«

»Ich verstehe. Wann können Sie dann anfangen? Ich muss ja auch Vorbereitungen treffen ...«

Anscheinend will mein Vater etwas mit Dung-Ju unternehmen.

»Wenn ich will, wäre ich heute schon so weit. Ich habe etwas Geld gespart und denke, dass ich damit die Innenausstattung aufbringen kann.«

»Dann muss ich zuerst ein Gewerbe anmelden.«

Innenausstattung? Gewerbeanmeldung? Was will dieser Dung-Ju anstellen und wozu hat er meinen Vater angestiftet?

»Was guckst du mich so an, Schwachkopf? Hast du ein Problem damit, dass ich mit deinem Vater ein Leben als Künstler führen will?«

»Wir wollen eine Tanzschule eröffnen«, sagt mein Vater und nimmt einen großen Schluck der Hühnersuppe, als ob er peinlich berührt sei.

Mein Gott! Er will in Dung-Jus Gebäude, auf dessen Dach immer noch groß ein Kreuz prangt, eine Tanzschule eröffnen. Das bedeutet, dass die Schule unter dem Namen meines Vaters angemeldet und er auch offizieller Tanzlehrer wird. Der Investor ist Dung-Ju. Ich erfahre noch, dass Dung-Ju meinem Vater dieses Geschäft seit geraumer Zeit nahegelegt hat. Ich bin noch nie auf die Idee gekommen, dass mein Vater Lehrer werden könnte. Für mich ist er ein Tänzer, der das Tanzen liebt. Allerdings scheint es ihm das Herz zu bedrücken, dass er Onkel Min-Gu mehr oder weniger dazu gezwungen hat, ihn zu verlassen. Selbstverständlich hat mein Vater das Tanzen noch nicht aufgegeben. In der letzten Zeit ist er durchs Land gefahren und hat auf dem Marktplatz getanzt, obwohl er wegen der Kunden am Stand ein Lied nie bis zum Ende tanzen konnte. Man konnte sehen, wie sehr ihm das Tanzen gefehlt hat.

»Sagen Sie Min-Gu, dass er zurückkommen soll.«

»Das habe ich vor. Nicht viele können so gut Jive tanzen wie er.«

»Mir gefällt sein Cha-Cha-Cha«, rutscht es aus mir heraus, bevor ich mich versehe. Aber das ist wahr.

»Herr Schwachkopf! Wie wäre es, wenn Sie sich auf das Kickboxen konzentrieren würden? Apropos Cha-Cha-Cha, kannst du das gut?«

»Nein.«

»Was hast du bisher gemacht, wenn du immer noch nicht Cha-Cha-Cha gelernt hast?«

»Und Sie? Können Sie Cha-Cha-Cha?«

»Mir liegt das Tanzen im Blut, Schwachkopf! Ich lerne das im Handumdrehen.«

Nur mit Worten aktiv zu sein, ist eine echte Gemeinsamkeit von Dung-Ju und Yun-Ha.

»Herr Lee ... ich danke Ihnen sehr«, sagt mein Vater.

»Ja, was für ein guter Mensch ich bin! Sie knöpfen mir aber keine Unterrichtsgebühr ab, oder? Diesen Disco Dance, den Min-Gu letztes Mal getanzt hat, will ich lernen.«

»Sind Sie jetzt nicht mehr mit dem Anzeigen von Arbeitgebern oder Firmen beschäftigt?«, frage ich Dung-Ju.

»All das mache ich auch weiterhin für ein gutes Leben. Hast du was dagegen, wenn ich daneben noch etwas Kunst betreibe?«

Oh ja, und wie künstlerisch er ist! Ich gebe etwas von meinem Huhn in seine Schüssel.

»Schwachkopf! Endlich hast du Respekt gelernt.«

Anscheinend habe mittlerweile auch ich mich an solche Gummihühner gewöhnt. Fleisch, das auseinanderfällt, bevor ich daraufgebissen habe, schmeckt mir nicht.

»Möchten Sie ... noch mehr?«

»Schon gut. Am Samstag hast du deinen Wettkampf. Iss du.«

Schade, dass er nicht mehr will ... Das Telefon klingelt.

»Wer ruft so früh an?«, fragt mein Vater.

»Ich gehe ran«, antworte ich und nehme schnell den Hörer ab.

»Hast du schon deinen Frühsport gemacht?«

Es ist Yun-Ha.

»Ja. Und du rufst an, weil ...«

»Ich hab dir doch gesagt, dass meine Eltern verreist sind.«

Mein Vater und Dung-Ju schauen mich an.

»Um wie viel Uhr gehst du heute ins Sportstudio?«

»Gleich nach dem Frühstück.«

»Um wie viel Uhr ist das?!«, schreit Yun-Ha plötzlich in den Hörer, weswegen ich mich total erschrecke.

»A-a-acht, nein, neu-neu-neun Uhr etwa.«

»Warum ist er auf einmal zu Min-Gu geworden? Hat er nicht mehr alle Tassen im Schrank?«, fragt Dung-Ju, die Suppe direkt aus der Schüssel schlürfend.

»Ich mach mal Schluss.«

»Wieso? Ist jemand da? Ist vielleicht dein Vater gekommen?«

»Ja.«

»Oh Gott, oh nein. Tschüss!«

Ich lege den Hörer auf und setze mich wieder an den Esstisch.

»Denkst du nicht, dass du ein Handy brauchst?«, meint Dung-Ju.

»Unsinn, ich bin entweder zu Hause oder dann im Sportstudio.«

Ich werde auf einmal ganz rot.

»Im Moment gibt es viele Angebote. Gratishandys und so. Bei dieser Gelegenheit solltest du dir eins besorgen«, sagt Vater.

Bei dieser Gelegenheit? Ich habe den Verdacht, dass mein Vater eine falsche Vorstellung hat.

Ein Handy ... Ich könnte vielleicht tatsächlich eins brauchen. Jetzt wird mein Vater ja zu Hause sein. Ich glaube, dass ich wirklich ein Handy brauchen werde.

»Erkundige dich mal nach einem günstigen Modell. Ein Schüler braucht doch kein teures.«

»Nach dem Training kann ich mich mal etwas umgucken.«

»Hey, Wan-Duk! Selbst du könntest es auf eine Uni in Seoul schaffen, wenn das so weiterläuft.«

»Was?«

»Du könntest es auf eine in Seoul schaffen, wenn du mit einer zusammen bist, die es auf eine in Seoul schafft. Wer weiß? Die Suppe ist fantastisch!«

Man kann Dung-Ju nichts verheimlichen. Was soll ich machen, wenn er meinem Vater was erzählt? Soll ich das mit dem Handy doch lieber lassen? Oder nur eins, mit dem ich telefonieren und SMS schreiben kann. Ein kleines, das ich in meiner Hosentasche lassen kann. Andere Funktionen brauche ich nicht unbedingt. Hm.

»Man soll also wie ein Schmetterling schweben und wie eine Biene stechen! Was willst du aber machen, wenn dein Gegner dich wie eine Biene sticht, während du ganz elegant wie ein Schmetterling herumschwebst? Glaubst du, dass man dich in Ruhe lässt, damit du weiter hübsch mit deinen Flügeln flattern kannst? Vergiss niemals: Du musst dich ruhig, aber ohne Unterlass bewegen! Für die Verteidigung! Für den Angriff! Tief duckend und schnell wie ein Gummiband, das aufs Äußerste gespannt ist und auf einmal losgelassen wird«, meint mein Trainer. Seine Stimme ist anders als sonst. In der letzten Zeit war er nie so ernsthaft.

»Alles klar.«

»Dein Gewicht steigt hin und wieder über die Grenze. Bleib stabil bei 74 kg. Wenn du Pech hast, wirst du als Schwergewicht eingestuft, obwohl du ein Mittelgewicht bist. Dann hast du Probleme.«

»Okay.«

»Unterschätze den Wettkampf nicht, nur weil es sich um einen Freundschaftskampf zwischen zwei Sportstudios handelt. Aus solchen Studios kommen Champions, egal ob Profis oder Amateure.«

»Verstanden. Ich gehe dann mal.«

»Übertreibe aber nicht. Es ist auch kalt geworden. Wenn du dich jetzt kurz vor dem Wettkampf verletzt, dann ist es gelaufen für dich.«

Ich verlasse das Studio. Wie hieß noch mal das Gedicht? Er sieht schön aus, wenn er geht, weil er weiß, dass seine Zeit gekommen ist, oder so. Sah derjenige von hinten oder vorne betrachtet schön aus? Egal, mein Trainer hat immer gehandelt, bevor er was gesagt hat. Jetzt hat er sein Handeln reduziert und redet dafür mehr. Diese Veränderung entmutigt selbst mich.

Zeig dich!

Es ist an dem Tag, an dem es untypisch warm für den Winter ist, an dem Yun-Has Guerillataktik fehlschlägt und sie nicht zu meinem Wettkampf kommen kann. An dem mein Vater sich als Direktor seiner eigenen Tanzschule anmeldet. An dem Onkel Min-Gu zurückkommt. An dem meine Mutter ihre Arbeit in der Gaststube kündigt, weil sie zum Wettkampf ihres Sohnes will, aber nicht freibekommt. An dem Tag meines ersten offiziellen Wettkampfes. An dem Tag, an dem ich den Kampf in der ersten Runde schon wieder durch einen TKO verliere. An jenem Tag geht mein Trainer fort. Er stellt ein paar Sportgeräte, die eher Altmetallmüll als irgendetwas anderem ähneln, vor unsere Dachwohnung und verschwindet wie der Wind. Der Mann, der mich in meinem Leben zwei TKO-Niederlagen erfahren ließ, hat mich verlassen.

Ich gebe das Versprechen, dass auch ich meine Gegner zwei TKO-Niederlagen erfahren lassen und dann meinen Lehrer in der Ferne aufsuchen werde.

»Hey, hey, die Stoppuhr wurde bereits gedrückt. Die Entscheidung ist längst gefallen! Ihr seid jetzt in der elften Klasse, vergessen? Wenn überhaupt, dann hättet ihr euch schon in der Grundschule beim Lernen anstrengen müssen. Ach was, heute fängt man bereits im Kindergarten an, oder? Egal, selbst wenn ihr euch jetzt noch den Arsch aufreißt, auf welche Uni ihr geht oder eben nicht geht, das ist längst entschieden.«

Dung-Ju hat sein an sich selbst gerichtetes Versprechen gehalten, dass er auch im zweiten Jahr der Klassenlehrer von Hyeok-Ju und mir sein wird. Und er hat auch Yun-Ha mit in unsere Klasse geholt, womit ich überhaupt nicht gerechnet habe. Er müsse uns beide ganz genau im Auge behalten und Yun-Ha vor mir schützen, sagt er, oder so.

»Im Moment werden Kontrollen durchgeführt, wer beim FL mitmacht. Wan-Duk! Das Tanzen werde ich von deinem Vater schon noch lernen. Sei nicht neidisch und schau nicht andauernd bei der Tanzschule vorbei, konzentriere dich auf deinen Sport. Haben Sie mich verstanden, Herr Do?«

Mann, dieser Dung-Ju, ganz im Ernst! Wieso hängt er wie eine Klette an mir! Womit habe ich das verdient?

Dung-Ju geht aus dem Klassenzimmer.

»Was geht denn bei dir? Geht dein Vater jetzt etwa zusammen mit dem da in ein Tanzlokal?«

»Möchtest du, dass ich dir wieder einen deiner Finger breche?«

Hyeok-Ju ist und bleibt auch im zweiten Jahr ein Spasti.

»Ich dachte eigentlich, dass Yun-Ha die Schule wechseln würde, weil sie zur Außenseiterin geworden ist, aber sie hält durch.«

Genau so läuft der Hase! Genau deswegen bleibt ein Außenseiter immer ein Außenseiter, wenn man einmal zu einem solchen gemacht wurde. Man hätte es auch einfach unkommentiert lassen können, aber nein, es muss unbedingt ausgesprochen werden, was einmal war, und damit in die Gegenwart geholt werden. Wir sind doch nicht mehr in der Grundschule ... Ich schicke einen leichten Middle Kick zu Hyeok-Ju. Er geht direkt zu Boden.

»Arschloch ... Du kannst dich darauf verlassen, dass du von der Schule fliegst.«

Ich nehme meine Schultasche und gehe.

Und ... einmal darf man raten, was als Nächstes passiert.

»Hey, hey, was für ein frecher Schwachkopf! Von mir aus kannst du gerne das FL schwänzen, aber Herr Do, gehen Sie doch zumindest bitte erst, nachdem ich vom Flur verschwunden bin. Diesmal sind viele gute Sachen gekommen. Komm mit!«

Dung-Ju! Wir entfernen uns voneinander und treffen uns wieder, so wie der Stunden- und Minutenzeiger. Als ob es der Plan des Schöpfers ist, dass wir uns immer wieder über den Weg laufen. Mehr als ein Jahr sind wir uns bis zum Geht-nicht-mehr über den Weg gelaufen, mal stand er plötzlich vor mir und dann wieder ich vor ihm. Wir drehten uns umeinander im Kreis. Anscheinend zieht jemand unentwegt die Feder in unserem Rücken auf. Was für ein Schicksal; wenn ich der Minutenzeiger bin und Dung-Ju der Stundenzeiger ist... wünschte ich, dass der Stundenzeiger ganz plötzlich kaputtginge und zu Boden fiele.

Bzz ... Meine erschöpfte Managerin schickt mir eine SMS:

Schick mir eine SMS, wenn du im Studio ankommst

Zurzeit übe ich zusammen mit Sye-Hyeok im Sportstudio des Stadtviertels Seongbuk den Grundstand, die Basishaltung unter den Basishaltungen.

Su-Jong hat mit dem Kickboxen aufgehört, weil das neue Studio für ihn zu weit weg ist. Wie auch immer, es ist beschämend, was ich hier mit Sye-Hyeok so mache, denn ich habe doch immerhin eine Karriere vorzuweisen: die Teilnahme an einem inoffiziellen Kampf gegen den Champion meiner Altersklasse und einen Auftritt bei einem Freundschaftskampf zwischen zwei Sportstudios. Während Sye-Hyeok gerade mal in der achten Klasse ist.

»Wenn wir uns heute gut anstellen, dann gehen wir morgen zur Verteidigung mit den Ellenbogen über«, meint Sye-Hyeok.

»Weiß ich doch.«

»Klappe, ihr beiden! Warum ist der Alte nur verschwunden und hat diesen Gangsternachwuchs hier bei mir abgeliefert?« Der neue Trainer tritt heftig gegen den Sandsack und geht zu den anderen Schülern rüber.

»Wan-Duk, wollen wir uns hier anmelden?«, fragt Sye-Hyeok.

Du? Bloß nicht! Ganz im Ernst.

»Nehmen Sie jetzt jeden streunenden Hund auf, Trainer?«, fragt der Junge, der mir schon auf die Nerven gegangen ist, als ich hier meine Gürtelprüfung hatte.

»Streunender Hund? Wan-Duk und Gang-Ho, zieht eure Schutzausrüstung an und kommt in den Ring.«

Park Gang-Ho, ein Zehntklässler. Du stirbst heute.

»Mach ihn fertig. Du schaffst das!« Unter dieser Anfeuerung von Sye-Hyeok steige ich in den Ring.

»Boxt!«

Pukpuk! Puk! Puk!

10, 9, 8, 7, 6, 5, 4, 3, 2, 1. TKO. Sieg für Park Gang-Ho! Ich habe nicht damit gerechnet, dass der Gegner als einen der ersten Kicks einen hohen Roundhouse Kick mit 360-Grad-Drehung machen würde. Ein hervorragender hoher Kick! Ich glaube, mein Genick ist gebrochen. Bei einem Übungskampf machst du gleich einen Angriff gegen den Kopf? Das ist doch ein Foul! Werter Meister, ... ich denke, dass es jetzt etwas dauern könnte, bis ich Sie besuchen kann. Denn die Siege durch TKO, die ich wieder ausgleichen muss, sind bereits auf drei gestiegen. Aber ich werde auf jeden Fall kommen. Warten Sie auf mich!

»Meine Güte! Ich dachte, dass er so weit wäre. Hm.« Der Trainer geht ins Büro und hat seine Hände nachdenklich hinter dem Rücken gefaltet.

»Wan-Duk, ist alles in Ordnung mit dir? Wan-Duk!« Sye-Hyeok ist in den Ring gekommen. »Können wir uns hier jetzt nicht mehr anmelden?«

»Ruhe, Schwachkopf! ... Das ist verdammt peinlich.«

Ich binde mir ein Handtuch fest um den Hals, als ob es ein Schal wäre, und steige langsam aus dem Ring.

»Wan-Duk! Von deinem Manager kommen wie verrückt SMS. Schau dir das mal an!«

Oh, Yun-Ha, diese ...

»Jeder streunende Hund nennt sich heute Manager«, sagt Gang-Ho.

Mann, du Arsch! Ich habe dich gewinnen lassen, weil du im ersten Jahr bist. Wenn ich richtig aufgewärmt gewesen wäre, wärst du gestorben.

»Wieso wühlen Sie in meiner Tasche rum?«

Der Trainer hält mir mein Handy entgegen.

»Es hat pausenlos wie ein Insekt gesummt und ich dachte, dass es etwas Dringendes ist.«

Ich gehe in die Ecke des Umkleideraums und überprüfe meine SMS.

Yun-Ha: Angekommen?
Yun-Ha: Wo bist du? Nicht im Studio?
Yun-Ha: Wieso schreibst du mir keine SMS?
Yun-Ha: Wie komme ich dahin?

Die SMS sind etwa im Fünf-Minuten-Takt gekommen.

Ich: Hab einen Übungskampf gehabt

Ein paar Sekunden, nachdem ich diese Nachricht geschickt habe, kommt eine zurück.

Yun-Ha: Gewonnen?
Ich: Normal
Yun-Ha: Nicht mit TKO, oder?
Ich: Doch
Yun-Ha: Gratuliere, gratuliere
Ich: Du willst doch auf die Uni, musst du nicht lernen?
Yun-Ha: Was geht dich das an? Ich weiß, was ich tue
Ich: Ich muss zurück zum Training
Yun-Ha: Ich schreibe dir später wieder

Ich nehme den Akku aus dem Handy ... und stecke ihn wieder rein. Mädchen und Handys, das ist so eine Sache.

Das Dach hängt voller Wäsche. Anscheinend war meine Mutter da. Sie hat eine Stelle in einer Gaststube direkt neben unserer Wohnung angenommen. Nun geht sie ganz stolz zur Arbeit. Sie meint, dass sie ihren ehemaligen Arbeitgeber ziemlich auf die Palme gebracht haben muss, da es eine Gaststube nicht einfach habe, Arbeitskräfte zu finden. Wie ich längst festgestellt habe, hat sie einen Charakter, den man nicht auf Anhieb durchschauen kann. Die Gaststube, in der meine Mutter jetzt arbeitet, hat vier Ruhetage im Monat. Der Besitzer ist ein gläubiger Christ und deswegen schließt er sein Geschäft sonntags immer.

Ich weiß nicht, ob es daran liegt, jedenfalls kommt meine Mutter nun ziemlich oft bei uns vorbei. Außerdem interessiert sie sich unentwegt für die Tanzschule, an der anstelle des Kreuzes nun ein Schild mit der Aufschrift *Himmlischer Tanz* prangt.

»Kommen auch viele Frauen?«

»Es sind hauptsächlich Frauen.«

»So, so ...«

Sie schminkt sich neuerdings. Sie ist viel hübscher als zu dem Zeitpunkt, an dem ich sie zum ersten Mal gesehen habe.

Mein Vater ist zuständig für die Theorie und Onkel Min-Gu für die Praxis. Dung-Ju hat das Plaudern mit den Teilnehmerinnen übernommen. Und die Sklavenarbeiten gehen an mich. Eine von ihnen ist, dass ich heute Flyer verteile.

Dung-Ju hat zweihundert Stück drucken lassen und behauptet, dass wir diese unbedingt verteilen müssen, wenn die Tanzschule mehr Leute anlocken soll. Ich muss die Flyer in die Verteilzentrale für die Zeitungen schleppen, sie in der Toilette verstecken, die Zeitungen abholen und dann die Flyer wieder mitnehmen. Das ist auf Dung-Jus Mist gewachsen. Er meint, dass es unnötig ist, die Flyer gegen Entgelt bei der Verteilzentrale abzugeben, da ich ohnehin die Zeitung ausliefere.

Wollen Sie ein Gott des Tanzes werden?
Hier finden Sie die Tanzschule,
auf die der Gott des Tanzes gegangen ist.
Der Gott welchen Tanzes wollen Sie werden:
Cha-Cha-Cha, Jitterbug, Jive, Disco?

Schau sich mal einer diesen Inhalt an. Aber Dung-Jus Niveau ist mir längst bekannt, seitdem er sich den Namen der Tanzschule hat einfallen lassen. Die Flyer mit diesem lächerlichen Text habe ich in die Zeitungen gesteckt und verteilt. Auch bei den Häusern, die keine Zeitung abonnieren, stecke ich den Flyer durch die Spalte in der Tür. Es wäre schön, wenn die Tanzschule mehr Leute bekommen würde. Der Nachbar von gegenüber hat gesagt, dass er heute einige Leute mitbringen wolle ...

Bei Morgendämmerung ist die Luft bereits warm. Ich stelle mich an den Rand des Daches und schaue auf unser Wohnviertel, in dem Kreuze wie Bäume in einem Wald ziemlich lückenlos nebeneinanderstehen.

Auf der Kirche, die Dung-Ju gekauft hat, steckt jetzt kein rotes Kreuz mehr, sondern ein rotes Schild der Tanzschule. Wenn die Tanzschule in der Schule zur Sprache kommen sollte, dann soll ich, hat Dung-Ju gesagt, einfach von einer Schule reden. Er gibt mir zudem den Rat, dass ich von mir aus von dem erzählen solle, was mich bedrückt, oder so, aber er droht mir gleichzeitig, dass er bedingungslos mir die Schuld geben werde, wenn sich in der Schule rumsprechen sollte, dass er der Investor der Tanzschule ist.

Zur Tanzschule kommt er jeden Tag. Will er vielleicht kontrollieren, dass sich mein Vater die Mitgliedsbeiträge auch ja nicht in die eigene Tasche steckt? Hat er nicht gesagt, dass sein Vater unglaublich viel Geld hat? Wie der Vater, so der Sohn. Lächerlich! Aber ... das Haus, das vorgegeben hat, eine Kirche zu sein, fehlt mir ein bisschen. Hm ... In dieser Gegend stehen die Häuser wirklich eng nebeneinander. Ein Wohnviertel, das sich gut dafür eignet, mich vor der Welt zu verstecken.

Ich wusste nicht, warum ich mich verstecken wollte, und ich bekam auch tatsächlich langsam Angst, weil ich mich schon zu lange versteckt gehalten hatte. Aber ich blieb immer weiter in meinem Versteck, weil ich nichts anderes kannte. Und Dung-Ju hat mich entdeckt. »Wan-Duk, Schwachkopf!«, schreit er gelegentlich, bevor ich mich wieder verstecken kann. Ob er Spaß an der Rolle des Fängers hat oder nicht, er findet mich selbst um Mitternacht. Dung-Ju ist wirklich naiv ... Denn er spielt stets weiter und findet mich jedes Mal, wenn ich mich wieder verstecke, obwohl er eigentlich an der

Reihe ist, sich zu verstecken, da er mich schon so viele Male gefunden hat.

Na gut! Jetzt will ich der Fänger sein, weil ich gefunden wurde, nachdem ich mich versteckt hatte. Das heißt nicht, dass ich zu viel aufs Spiel setzen will, um etwas zu finden.

Egal was ich suche, ich möchte mir Zeit lassen, es zu finden. Und wenn ich während der Suche müde geworden bin, will ich wie beim Versteckspiel, wenn man aufgibt, rufen: »Ich kann dich nicht finden – zeig dich!«

Die Tage, die hinter mir liegen, mein Leben, das alles andere als beneidenswert ist ... Was soll's? Es ist in Ordnung, wenn ich einfach so weiterlebe, dachte ich bisher. Jetzt komme ich klar damit, dass mein Leben nicht großartig und spektakulär ist. Die Summe kleiner Tage ergibt einen großen Tag. Die einzelnen Tage, die gewöhnlich, aber solide und ausgefüllt sind, werde ich zusammenfügen und irgendwann eine schöne Halskette des Lebens daraus fertigen.

Aber dieser TKO-Sieg, der sich vor mir versteckt hat und den ich schnellstens finden muss ... Hm, so wie es im Moment aussieht ...

Ach, was soll's!

»Ich kann dich nicht finden – zeig dich!«, schreie ich aus vollem Halse, sodass meine Stimme durch die Luft der Dämmerung direkten Weges bis zum Bach vordringt.

»Wan-Duk! Wan-Duk, Schwachkopf! Was quatschst du da für einen Unsinn? Du hast gestern Kürbissuppe bekommen! Wirf mir eine Packung rüber!«

Verdammt, Dung-Ju schon wieder. Jetzt bereits in der Morgendämmerung ... Dich habe ich nicht gesucht.

Das Kreuz da drüben fängt auf einmal an, mich anzulächeln.

Nachwort

Als Kind habe ich mich immer vor anderen Menschen versteckt. In meiner Jugend war ich dann hinsichtlich meiner Zukunft voller Widersprüche. Es gab eine Zeit, in der ich dachte, dass ich alles schaffen könnte. Danach wiederum kam eine Zeit, in der ich davon überzeugt war, dass ich nichts schaffen würde. Aber ganz gleich, ob ich optimistisch oder pessimistisch war, in meinen Gedanken war ich stets ganz auf mich bezogen. Ich war nicht in der Lage, die Menschen um mich herum wahrzunehmen. Oft erschienen sie mir sogar lästig und ich fühlte mich ihnen überlegen. Auf ihre Liebe und ihr Vertrauen legte ich keinen großen Wert.

Heute führe ich ein völlig anderes Leben, eines, das ich mir damals nicht hätte vorstellen können. Denn ich bin Schriftstellerin geworden, ein Beruf, in dem man sein Inneres zeigt. Zu meinem großen Erstaunen bin ich damit sehr glücklich. Früher hätte ich mir nicht vorstellen können, dass es mir gefallen würde, mit anderen Menschen zu kommunizieren – nicht nur, aber vor allem durch meine Bücher.

Diese Wende in meinem Leben habe ich jenen Menschen zu verdanken, die mich begleitet haben, unabhängig davon, ob ich in einer Sache gut war oder nicht. Es sind Menschen, die mir eine andere Welt gezeigt und mir zur Erkenntnis verholfen haben, dass die Welt viel schöner ist, wenn man den anderen respektiert und miteinander in Harmonie lebt.

Mit diesem Buch betrete ich nun wieder eine neue Welt. Die Geschichte von Wan-Duk habe ich in meiner Muttersprache Koreanisch geschrieben und nun wurde sie übersetzt. Ich wünsche mir, für die deutschsprachigen Leserinnen und Leser keine Fremde aus einem fernen Land zu sein. Ich möchte durch dieses Buch vielmehr eine Begleiterin in ihrem Leben sein.

Dieser Wunsch wurde ermöglicht durch die Übersetzerin Dr. Hyuk-Sook Kim und den Übersetzer Manfred Selzer, den Verlag Changbi in Korea und Baobab Books in der Schweiz, denen ich dafür danken möchte.

Oktober 2019
Kim Ryeo-Ryeong

Der Verlag dankt dem Literature Translation Institute of Korea (LTI Korea) für die Unterstützung dieser Publikation.

Ein – zwei, eins – zwei – drei

Aus dem Koreanischen von Hyuk-Sook Kim und Manfred Selzer
Lektorat: Sonja Matheson
Gestaltung: Schön & Berger, Zürich
Coverillustration: Byun Ki-Hyun
Metrokarte: © Seoul Metropolitan Subway
Druck: Pustet, Regensburg
ISBN 978-3-905804-98-0

Die Originalausgabe erschien in Korea unter dem Titel
»Wan-Duk« im Verlag Changbi Publishers, Inc.

수도권 전철 네트워크 맵
Seoul Metropolitan Subway Network Map

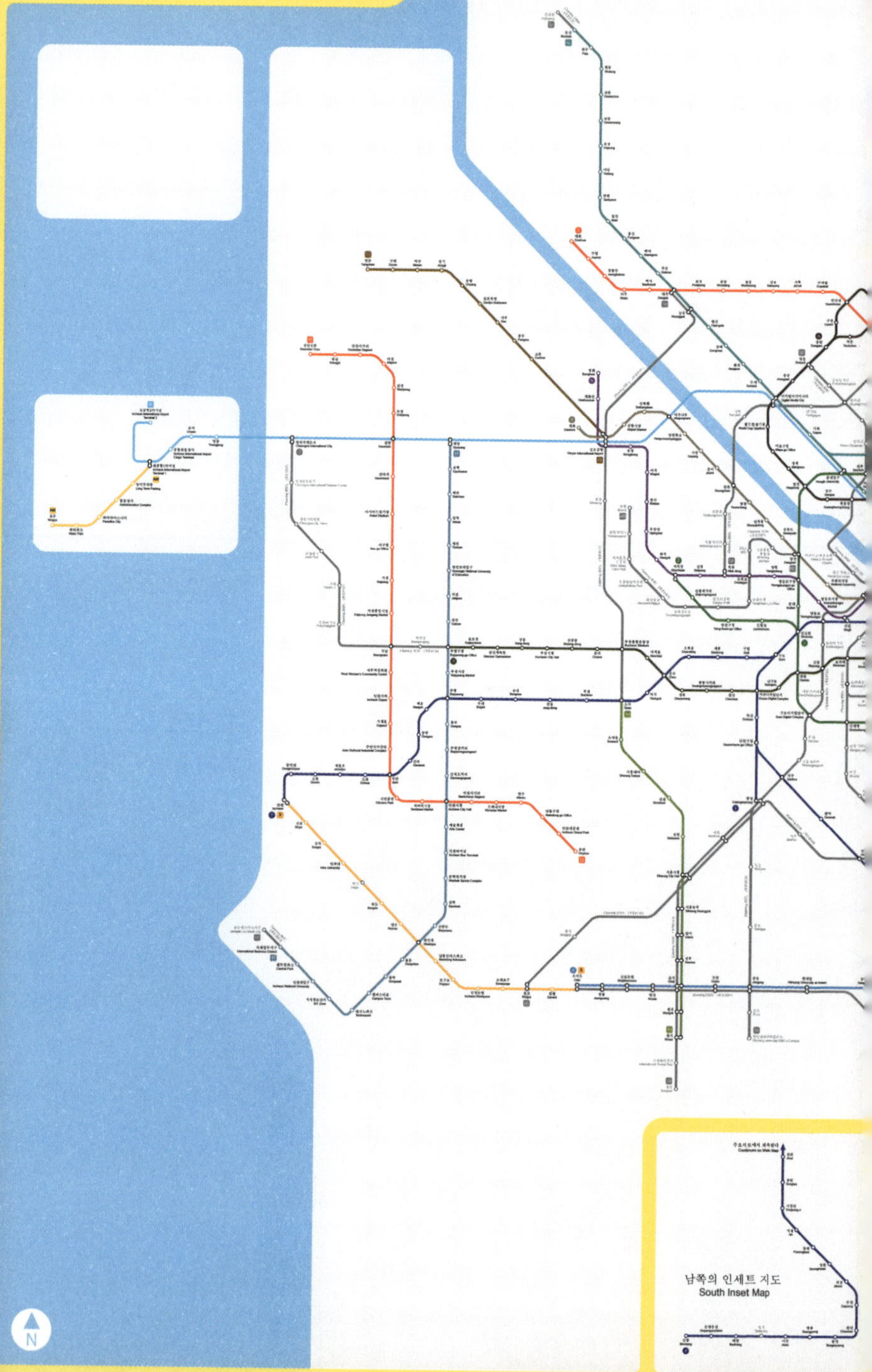